i

为了人与书的相遇

舒國治 著

流浪集

也及走路、喝茶與睡覺

廣西師範大學出版社
·桂林·

目录

远走高飞

电影中常有的一种故事。抢劫者准备再作最后一件案子，成事后所得财富可供下半辈子的衣食无愁，从此洗手，重新做人。

当然，他从来没有得逞。电影故事总是如此。如若成功，他要带着钱财，远走高飞，在异地一阳光灿艳的海边小城安度余生。

我幼时看着这样电影，心想：蓝天大海，整日价游泳晒太阳，游艇上喝喝酒，他千方百计抢夺来的余生竟就只是如此吗？接下来呢？

幼年的问题至今仍然没获解答。

电影皆多着墨于前段的抢案，而少着墨得钱后之生活，何也？或谓前段作案之过程（勘察银行，集结高手，推演路径，蒙面潜入，避开电眼，钻壁破锁，取钱装袋，车船接驳，分头逃逸，铲除同伙……）方属刺激紧张剧情重点，得手（或失手）后之余生便平淡不值一叙者。此说似有道理，实则看来编导亦不知如何编构后段。乃无人过得如此生活也。

何以是阳光普照海滩小镇？乃欧美电影主人翁恒居北温带，心中天堂不免远远寄于蓝天大海。

人若是生得如阿兰·德隆那般英俊，乍然远走高飞，去到了与他原本生活全然不同的异地，譬如说，泰国的小岛上，试想当地的人时时见着这个或这对挥霍无度、日日饮乐、一掷千金的外地人，心中不知作何想。

单单受当地人日复一日盯着他看，即使只是善意，或也有一些不自在吧。某一午后在酒吧，恰好此地警长也站在吧台旁，随口一句"嗨，喜欢我们这小岛吗？"，德隆想必电光石火地在心里已转过几十种待会应对的可能句子，以设法不让警长径往核心去打探。甚至三五句对话之后最好能顺水推舟地脱身。

通常这种事发生过一次后，我们的主人翁已然筹划下一个居停地了。

往往电影中的下个画面，是他的住所外面：他走出来，上了车，开走。自然，有一辆车跟着他。此时没跟踪他的另几个探员，开门进他的房子，翻东翻西，搜这搜那。只见他家中物件甚少（此种编剧思维，甚是洞悉人性也），像是只住一两天似的（虽他已来此数月）。搜着搜着，或许搜到了几本不同国家的护照（这一安排不很理想），或许找到了一个火柴盒（上面印有欧洲某一小镇餐馆的地址），或是干洗、烫过的衣服上的贴条有某个城市旅馆的名字，而这使得探长立刻打电话与该地警局联络，问："你们前几个月有没有发生重大的劫案？"

这是异地的难处。

再说海滩小村岂是江洋大盗或有过人能耐者待得住的？最终仍要回到城市里，寂寞难驱也。而到了城市，狗改不了吃屎，终仍要进进酒吧、打打撞球、赛赛马、赌赌轮盘，最后弄到又涉入黑暗拼斗之局。

又前面一直说的海边小镇，究竟在哪里？是法属里维耶拉（French Riviera）抑是希腊众小岛？不重要。重要的是远方，是异乡，是没有熟人没有过去没有记忆。

电影是这么想的。

电影如此爱拍"远走高飞"题材，只是他们的远，永远是一些不怎么荒僻、也不怎么难抵之地（甚至一两个镜头就转到了那场景）。这显示编导们无意去探索那"真正的遥远"、"真正的荒僻"之予我们主人翁所得以千里迢迢逃去后之安心。这也说明了，导演其实不在乎主角会不会被找到。

然则不是我们每个人皆曾自问过"如果我必须去一个全世界都找不到我的地方，那是哪里"吗？就像小孩玩躲迷藏会想："我一定要有一次，让他们说什么也找不到。"

"如果"太远了，"找不到的地方"是未来，编导不忙着去究；他爱究的，是主人翁的过去。

这毋宁是极其微妙的现象。须知编导多是文艺人，总习于探索人性之内在，总偏于窥索世人之昔日经历；对于真正已在绝境荒途的亡命者其心中亟亟所想之事，惯坐书房的编导不大懂得揣测。

而主人翁呢，他却是要抛弃过去。然普天之下几人能够？须知过去往往一辈子跟着人。岂不闻白光的老歌："才逃出了黑暗，黑暗又紧紧地跟着你。"（《今夕何夕》）

许多人不愿待停异地，乃受限于对自小熟悉之人事风土之离不开也；譬似太多华人不堪住在买不到酱油之地，或甚至才旅行没几天便吵着要吃米饭。

然"熟悉"之羁锁于人，亦多有令人受不了者。有人只身逃债离赴异国，部分原因是一并逃开日夕相处的老婆与素常的生态起居。虽云逃债，实举一役而毕诸事也。

远走高飞，在于离去。黑道抢匪之离去，乃不得不尔。乍然获得财富者，如中彩票，如股票暴涨，如遗产突然降身等，则可以不离去，依旧居停原地，乃他没有"远走高飞"之迫，却也因此便没有电影中远走高飞之刺激兴奋也。

何以远走高飞皆须伴随着财富（甚至是不法或不义之财）？难道不能有那没钱的、穷光蛋的、十分节省的远走高飞吗？

须知远走高飞者，那些会知道他拥巨财或有人知悉他底细的地方，他不能待，故他远走他乡。及于此，那我们穷光蛋，何不假想我们眼下所居城市其实是我们自远方家乡偷偷携带不义巨款所迢迢投奔而至之异乡？及于此，则我们每日价穷兮兮地晃时荡日，何妨假想其实我们身怀巨款却又为了不事招摇以求避祸而特意伪装出来的。

如今，人有个三亿五亿的，也好有一些，若他们这当下便决定"洗手"，视此三亿五亿为"最后一件案子"之所得，从此远走高飞，其实何曾不可以？

绝对可以。还是那句老话：人拥巨款不是问题，去哪里才是问题，过何种日子才是问题。

远走高飞，又意味着不停留一地。否则太像是移民。倒会卷款遁逃异地者，往往是习于安居者，他们只能是移民，而不太能是流浪，乃他们原先的生态太是循依常规。他们即使观光到上海或温哥华或纽西兰，常问："这里房子一平米多少？"

看来能远走高飞，亦关乎人的气质。我也尝想过他一过这远走高飞的日子，哪怕是几星期也好，便为了这四字之美，这四字之逍遥快意；既没能身怀巨款，也不曾倒会逃债；八十年代初去到美国，在无休无尽公路上踟蹰，此来彼往，越奔越远，竟一晃晃了七年。若问是否逍遥快意、是否有远走高飞之感，唉，却是说不上来。只知旅程颇寂寂而胸中颇空旷也。

近两年在大陆游山玩水，发现倘不催促时辰，乐意一个镇接一个镇地停停玩玩，竟可以像武侠小说中所写的飘洒自在；譬似这一日到了某镇，随见一家饭馆，便"上得楼来，拣了一副清幽的座头，唤店小二点了酒菜，自斟自酌……"，楼栏之下，一片湖光山色，如此好景，真舍不得一人独拥；顾盼左右，然总是见不着一个像自己这样的来自外地、已颇有一段岁月、脸上已显旅途寂寞的远方人。

这么地游下去，今天在杭州，过几天又到了宣城，下个月可能到了太原；每天吃饭住店，不过几百块钱人民币。一年下来，亦不过一二十万。三十年，也不过几百万。这样的算盘如何不能打？

也难怪武侠小说中人从来不问饭钱酒钱。

大陆不知算不算得上一处尚佳的远走高飞之地。

荒僻山村之民，他们原就在远方，便像是从来不思远方。陕北之类地方，人站在那儿坐在那儿，纯只是站坐，甚难见出他们是在远思，噫，令人羡恋。我之会思这远走高飞题目，乃我是生于长于城市俗民，自幼便在人与人近距离中求缝隙，所思不免常如电影中远眺之思；却又盼于电影陈腔老剧情外觅一真实可触田园，不知可能否？

（刊二〇〇三年八月《印刻文学生活志》创刊前号）

睡

整个夏天我都在睡觉。

其实整个童年整个少年时光，我都在昏睡中将之度过了。

以上这两段说词，概是我七十年代做青年时对我的六十年代做中小学生时的习惯看法。

年轻时有一样东西，如今似是失去了。便是一觉睡下去，待醒来已过了十几二十小时；是时之人，恍如隔世，睡前种种完全远绝，醒转之后全然一重生婴儿，原先的疲累忧烦竟如不存，体力精神气色亦是纯阳光华。

这种睡眠，唉，如今只存于记忆，亦恍如隔世矣。

最近两三年，常想起了这种睡眠，不禁十分怀念。乃近年往往三五小时便会醒来，即偶睡得八小时亦不深熟也。

年轻人会有这样的经验，半夜四点睡下去，醒来时看表，十一点，再看天光，大亮，想竟也睡了七个小时。结果与人一对时日，其实是后一日的十一时，也即，睡了三十一个小时。

这种故事，不少人发生过。

电影中一个人自病床醒来，见旁边坐着的母亲或亲人已累得睡着，问："我这样躺了有多久？"母亲道："五天五夜了。"这种情节很寻常。就像武侠小说的主人翁在山洞里被老怪救回疗伤，醒来时已过了七天七夜。

这至少说明，长时间的睡眠，可将前后判若两境。连小说及电影也居然用为情节。

好的睡眠，令人的神情十分平定，脸上全是淡泊之气。一张焦躁的脸，有时是从小就睡得不够，或是在妈妈怀胎时孕妇的精神没得到安详之调养。

某些遗世孤立的太古村庄，小孩睡得极多极静，他们的脸格外平静，是我们都市仓卒之民难以想像之境景。岂不闻古人诗句，"山静似太古，日长如小年"？

通常深而长的睡眠，有赖极度的疲累或长时间的没睡。前者，劳力工作者、军人与专业运动员最能做到。至于长时间没睡，像看小说连看十几二十小时或打麻将连打三天三夜等皆是。或在于狂欢，如整夜的狂舞、饮酒、音乐；另就如精神上之狂欢，如熬夜写作，慢酌赏月，抽鸦片听戏曲消其永夜不甘就寝。小孩子在暑假时的东摸摸西摸摸死不上床亦属于这种静态的精神放纵之嘉年华；固伤了些睡眠，却也惠了一些性灵。大观园中的小儿女们看来颇得于此道。

深而长的熟睡，当然是昏天暗地也无黑白的。感到凉时会蜷起身骨；体气运行畅强时，会满身大汗；会用力吸气及呼气（也因此许多人的卧室会有一股油气）；梦中大小周天畅转时，致原先头脚的位置都竟换了个方向，凡此等等。通常强健的体能比较能得到好的、强大的睡中运动，这是老人较难臻及的。

深而长的熟睡，睡醒时，觉得全身原来松弛掉的各处机件竟又紧了起来。耳朵有点痒，耳屎耳油也隐隐往外流泛。头皮也微痒出屑。尿早憋满了一肚子，撒完尿，犹想喝一大杯水，乃身上原有水分全在熟睡时拿来运转全身之推动了。

倘非为了尿急，要睡他个十几小时本也不难。正因起床如厕,睡了六七小时后便不能再入眠。这样的人颇多。

要令尿不积多,除睡前颇有运动,使全身生热而水分散布通体外,最好是睡前五六小时便没吃东西。亦即,空腹。乃肠中有物会在熟睡时渐析出水分之故。也于是睡前能解大便,最可令睡中积储尿少。

然则何以要睡恁长时间呢?规律生活者原不需要,每日八小时本即功德圆满。

惟有那些情场失意者、股票操忧者、政坛落寞者、联考考完者、兵役退伍者、药瘾告段落者或任何惶惶不可终日的与世浮沉之人欲求一趟大睡眠以斩断睡前人情世事者,委实要睡他一个大睡才成。

每天晚上,时间到了,不管困与不困都能定时进房去睡,并且立即睡着,这样的人令我羡慕。倘我能如此,便能上成班了。

而我又奢盼一种长而深熟的睡眠，以为那是一份饱足，令人喜乐令人雀跃，却不知那又使人非觅尽事体将一长日耗光全身累垮方能再入睡眠，真不啻尴尬也。今日愈得长睡，明日之睡愈需久久方至，其间众人早入梦乡，我犹营营劳劳，万无着落，这样的醒，竟有点像不熟之睡。

　　睡后醒，醒后睡，这醒睡之间，人的一生何其不同，人的志趣何其各异。

　　　　　　　　（刊二〇〇〇年一月十三日《中国时报·人间》）

随遇而饮

——谈谈喝茶

这十年茶喝得多了。比在这之前的三四十年多得多了。

倒不是这十年懂得品茶，实是比较懂得口渴。

小时候，台湾各地可见"奉茶"之设。于人烟经过处，立一木架，置一大壶，下覆一只空碗，供来往行人解渴。往往壶中未必有茶叶，开水而已，则闽南话"白茶"。"奉茶"之设，乃炎热岛乡的民间自发公益，淘美俗也。庶民渐富，人渐不感在外道途之苦，又嫌公杯不洁，年淋月晒，慢慢便消失了。

喝茶或品茶，一向即有；而台湾之讲究泡茶及细品并蔚然成风，约始于八十年代初。全岛各地选买上等乌龙、包种，各种树根茶桌散布人家客厅，紫砂壶及小炉烹水，三五茶友低坐矮凳……遂成习见景观。

那又恰好是台岛经济勃兴、台湾人奋斗有成而致台湾自尊意识盎然之一段佳美年月，于是此种台湾泡茶模式——汲取山泉（来自本土），爱用原木桌（本土民艺），闻香杯（口喉之赏外尚有嗅赏。又仪式增多，益显讲究），顾景舟等壶艺（古董收藏），冠军茶（富贵之象征。豪奢、炫耀之表现）——便一直延续至今不歇。竟然连我在旁侧相陪熏陶下，也喝过好几杯口齿留香、余韵回甘的茶。

曾几何时，好些当年常见的动作，如今差一点都抛忘了。譬如一个壶接一个壶地换着泡，而随时以布抚拭以为"养壶";有的在茶海上置滤网,令即使细小茶末也避免入杯;注热水入壶,覆上盖,再浇水于壶上,令壶表面不速冷却;执起壶来,壶底浅浸的水,令它在大碗碗缘转圈圈地磨转,使水不至滴落桌面……凡此等等,近日早多省略了。

泡茶之讲求与时代之富裕也恰好相成相助形演为人对自己重新待遇之觉醒。譬似会想:我如今应该穿何种服装?于是蜡染布料啦,僧式的袍装啦,腕上圈珠啦,胸前悬玉啦……不可阻御地应运而生。甚而口荡茶汤,鼻间飘来檀香,心领神会之下,觉生命悠悠,刹那间天地苍茫,感悟自己这几十年怃的是道心蒙尘。便有类似此悟,紫微推命、学禅修密、书院私塾、针灸按摩;林林总总,终至往山林开道场、打禅七有之,辟果园、栽种生机蔬果有之,开班讲授《易经》亦有之。清清绿绿一碗茶汤,醒人何巨也。

各时代有各时代之寄情。八十年代台湾人之寄情最显丰沛、蛮豪并突出；家屋之摆布（装潢之狂爱。喜添一隅和式房间），佛像、石雕佛头之搜罗（宗教式艺术品之乐于拥有），郊游时倾向于洗温泉，吃土鸡、山菜（亲近山林），城市公园必铺设"健康步道"（对亚热带原就喜习的赤足文化再度拥抱），泡沫红茶店的墙上价目表及桌椅爱用不上漆的原木（回归自然。鸡犬桑麻之向往也）……而这一切，全得以最日常简易的"喝茶"一事提纲挈领、呼之即出地象征出来。

我亦喝茶；八十年代大半不在台岛，飘流异地，居无定所，很是恋羡岛上人的奇趣横生的度日追求。一九九〇年代初跟着尝什么金萱、东方美人、冬片等极是有趣。至于乌龙常有的"奶油香"，暌违恁久又临齿喉，心道："啊，台湾，又回来了。"

只是家中至今连紫砂壶也无一只，亦不曾独坐茶台、现烧滚水现泡现斟。当然是懒。亦是待不住家。更主要是，独自一人，无法有大的饮量，喝不多也。

喝得好茶，总是在客中。在中南部漫游，乍然登友人门，见厅中随时置整套茶具，永不撤除。坐下相谈，见他扭炉生火、涤杯投叶，显然是每日操使多次之熟练，几分钟后便得畅饮。台湾以外，何曾有这样天堂？

某次在西螺旅途，修理车窗玻璃马达，蒙店家飨我茶水，连尽四五杯，口渴也。

有时旅行的停歇时机或地点，竟常是因为茶。未必为其美味，乃为其解渴。然而可乐、果汁、矿泉水等亦解渴，何以只特言茶？

这便说到重点。此为茶在某一种微妙感情（家国、历史、情思、熏陶、年齿……）上最不能教人抵挡之力也。

太多的行旅途中，我皆带着矿泉水；然来至在杭州西湖，突见露天摆出茶座，自问并不渴，却仍说什么也要坐下，喝一杯即使寻常之极的茶。图伫足也，图临境也，图手执杯、口慢啜、耳目流盼之千古理应清致也。

《儒林外史》中马纯上登杭州吴山，每上几步，投几文钱喝一碗茶；再走几步，又一茶摊，再投钱，喝一碗。此等景象，非得等到近十年我方能体会此中深趣。

大陆最是这样的洞天福地。几年来坐过太多的露天茶座，安徽采石矶的采石公园，江苏周庄的张厅深里处的茶室，上海的复兴公园，北京中山公园"来今雨轩"户外。即使是一杯玻璃杯泡的最起码的"炒青"，费三元五角，也是兴味怡然。

去冬重游苏州虎丘，一大早已游人如织，却在"冷香阁"这处茶室，空无一人，好一处清幽所在，所临之景亦好，几不忍独拥也。

这样的茶座设施，看来也将减少。武昌黄鹤楼这个仿古冒牌地方，逛看无趣之余，想找一块茶座抛开闲气自坐喝茶，竟然也没有。

然这中国大地上浅坐浅喝之乐，主要在于客中；不久又登途赋离，才能获其佳意。倘是如土著深坐，或许便不美矣。

客中与口渴，正是我得茶之乐。

桂林及其环郊，有油茶，多半打着"恭城油茶"名号，乃以浓苦茶汁与炒米、炸花生、姜末合融，亦有的是西南土民风味，除解渴外，也得点心充饥。

香港的茶楼，实是吃点心地方，近年多为大型厅堂，如同赴宴。然有一家"德兴茶楼"（九龙深水埗南昌街123号）仍有那种老年代站在二楼倚栏杆可望见楼下情景的老茶楼建筑。且座上全是颓老之人，桌下必有痰盂，地板永远湿答答、脏兮兮的。或许是硕果仅存的一家。

茶餐厅，是香港的独一发明。"茶"，指的是奶茶、柠檬茶、咖啡等这类西式甜饮料，不卖中国茶；"餐厅"，实为"西餐厅"三字之简，指的是卖西式三明治、鸡尾包、菠萝面包等物。此类场所狭小人多，不宜久坐，原是香港本色；搭桌挤坐，快喝"鸳鸯"（奶茶加咖啡）一杯，三明治一个，站起付钱走人，最潇洒。

日本有"抹茶"，茶道的精趣也。几年前在花道家敕使河原宏（亦是茶道家、导演，曾拍《砂丘之女》）的"草月会馆"承飨一碗抹茶，虽是访谈中由他的工作人员自后房捧出，似不经意，然我们来自台湾的三人仍凝神细啜茶汤同时端视捧于手上的十二世纪高丽青瓷并将空碗互换欣赏，以求差几达到茶道一二之约略形式礼数。

天热，在奈良的"友明堂"（国立博物馆对面）古董店，坐着喝抹茶，见筒中插着几柄团扇，取出扇凉，见握柄是苇管，极好操使，与那几日各商店中多见的以竹片为柄的不同，虽也是朴素便宜品，却见出店家的雅润品味。再看他的茶碗各个不同，却各有形制；接着见他随手熟练打出几碗抹茶，只是受他寻常待茶，喝下极是美味，受用之极。即使不端坐在四叠半的古典规制茶室，亦培不出"和、敬、清、寂"气氛，但已令客途中很得澄怀了。

（刊二〇〇一年四月《诚品好读》）

路漫漫兮心不归

——在美国公路上的荒游浪途

It's been the ruin of many a poor boy, God, I
know I'm one.

——American folk song

（那是多少个可怜孩子毁灭的场地，而上帝啊，
我知道我是那些可怜里面的一个。

——美国民歌）

这些横竖交错、高低起伏、此来彼往、周而复始的

线条，多年后的今天眯起眼睛来想，实在真真是线条；但当年无数个日夜荒游其上，却只知道它叫——公路。

这说的是美国公路。"Get Your Kicks on Route 66"的那种公路，*Lost Highway*（汉克·威廉姆斯的名曲）的那种公路，*They Drive by Night*（Raoul Walsh 的四十年代名片）的那种公路。这些个被歌曲、电影、文学、流浪汉闲谈等所诗化的魔幻奇境之天堂通道却其实仅是无所适从者不得不暂浮其上、犹不能安居落脚的困厄客途，竟然不自禁成为美国最最波谲云诡令我不能忘怀的一份意象。

美国公路，寂寞者的原乡。登驰其上，你不得不摒弃相当繁杂的社会五伦而随着引擎漫无休止的嗡嗡声去专注息念。专注于空无。

多半时候，眼睛看向无尽延伸的前路，却又茫茫无所摄视；偶尔一刻，凝注于后视镜中映出的特别切割出的画面。再就是微微转动脖子，随兴一瞥左右那份横移的沿路景况。也就是这么些个眼睛的泛泛作业。往往有极长的时间，眼光俱因无奇的视界而一直呈现漠然，却必须始终维持着，它不被允许闭起来。

登上公路，是探索"单调"最最本质之举。不是探索风景。也不是探索昔日的相似经验。杰克·尼柯逊导的第一部片子叫《开吧，他说》(*Drive, He Said*)，没错，开吧。

《娄丽妲》(*Lolita*)，称得上一部美国心境式"公路小说"，纳布可夫 (Nabokov) 以万钧笔力记述了五十年代的美国之心境路途即景。主人公瞥见公路旅馆的名字，竟不免是那些个陈腔泛名，什么 Sunset（落日）、Pine View（松景）、Mountain View（山景）、Skyline（天空线）、Hillcrest（山峰）、Green Acres（绿园）等等之类。当然，纳布可夫所见，不是一个公路人的单调感受；他本人并不会开车，开车的是他老婆。《娄丽妲》书中的经验源于他们在四十年代末、五十年代初为了找捕蝴蝶途中开车所达四万七千哩之迢迢长旅。

单调，虽在漫漫路途中令人难耐，却在记忆中烙下了一种悠远的美感。如今，多年后，我每在电视或电影的片段画面一眼瞥及公路荒景、停车加油、路旁小店草草喝杯咖啡这类景象，总会感到说不出的亲切而将这段看完再去转台。

这类公路生活我也很过过一些；不断地在加油站停下，刮拭车窗，喝点东西，以求打消因单调而袭来的困意。然而这些动作，本身就是重复单调。

倘若有一本小书，记载着每天在何地起床上路，在何地加油，油钱若干，吃饭所费，住店所费，如此连写几十天，这种书，想来会很单调，但我一定会津津乐读。这种书，便是"公路书"之所应是，可以完全不涉描述，只记年月日、记地名店名东西名，记价钱里程时刻等纯粹"唯物"之节便足矣。

想及此，我当年多少个寒暑、多少次无端地走经美国五十州中四十四州的多处此村彼镇，若有像这样简略地记下单调每日行旅，今日随兴翻览，必是快意之极。可惜。

然我上路，原非为了单调。去"纪念碑山谷"（Monument Valley）是为了一睹西部片经典绝景。走Highway 61 是为了亲临密西西比三角洲的无尽棉田及棉田孕育的黑人蓝调根源地。到圣大非（Santa Fe）为了置身于印第安人古老文明所在之高原大地。离开圣大非，斜向东南至桑姆那堡（Fort Sumner），只是为了它是比利小子（Billy The Kid）死于帕特·盖瑞特（Pat Garrett）枪下之镇。到密苏里州的内华达（Nevada）小镇，是因为恰好经过，当时并不知它是导演约翰·休斯顿的故乡。去威斯康星州的肯诺夏（Kenosha）却是蓄意，要一探奥逊·韦尔斯（Orson Welles）的童年故居。在 35 号州际公路的俄克拉何马州那一段只是经过，并非要感受"龙卷风小巷"（Tornado Alley）的天光绝景。而在爱荷华州的苏城（Sioux City）的短暂停留，实是为了找一个旧的轮胎钢圈。

我并非很爱开车，至少不像《邦妮与克莱德》（*Bonnie and Clyde*）那对三十年代的男女大盗那么爱开。曾经追捕他们达一〇二天的德州骑警（Texas Ranger）头子法兰克·黑默（Frank Hamer）说，邦妮与克莱德动不动就开个一千哩也不感怎样，某次一开就开到北卡罗莱纳州，只是去逛看一个烟草工厂，然后掉头返回。

邦妮与克莱德出乎我们想像的瘦小：她四十公斤不到，身高四呎十吋。他五十八公斤不到，身高五呎七吋。

这类数据不是什么，只是慰藉旅途的空荡。不管是由昔日的电影中看来，由音乐中听来，由美国文学、历史中积累读来，竟然此一处彼一处在荒芜的美国大地碰上某一地名时呼唤而出，供你在百无聊赖中温故。

在有些城市，我会怀念开车，像纽约。前后断续住过达两年的"大苹果"，我已不愿忍受每天只是坐地铁而已。清晨五点半在华尔街疾驰，端的是有身处峡谷之感受。而一座座铁桥的铁板被车轮磨滑的鸣震感，竟在最近台北捷运施工所铺的铁板上又回味过来。

若旅程太过平淡空乏，会有一两个星期的每天晚上在经过了一整天的行旅后，极想看一场睡觉前的电影。这时的电影，不管是汽车旅馆中 TNT 台或 AMC 台的黑白老片，或是小镇电影院（如我打算这晚睡车上）演的《致命武器》之类，似乎都特别好看。这份短暂瘾头，倒像是我专为了看电影去每日迢迢驱车几百哩似的。

若在路途太久，久到不急着奔赴一处目的地时，往往不免进入飘荡的情境。这是颇危险的。所谓危险是指对人生的态度而言。有时一天只开八十哩或一百二十哩，这里停停，那里绕绕，在法院广场前的老树浓荫下慢慢歇息，在一家老药房的吧台上喝一杯当下用可乐糖浆调以苏打水做出的可乐，看着过往的老派乡民，好像时间暂且停了下来，如此晚上索性在此镇夜宿车上。这样的生活过下去，一个不好，青年时光就这么全在飘荡中滑失了。

那一年，应是一九八七年，在纽奥良的青年旅舍（youth hostel），各地的游子聚在此处，时间愈耗愈长，我也住了十多天。每天早上起来，看见旅店门前又增停了几辆新来的车，外州牌照，佛罗里达、柯罗拉多、纽泽西等州，车子有新有旧，有 van，有 station wagon，有日本小车。到了晚上，几个住客坐在阶前（纽奥良很热），手执饮料，抽着香烟，聊着天，有时他们会清点哪些车移动过位置、哪些车再也不出现了。有人进出一句："不知道那部白色 Volvo 下一站会去到哪里。"黑暗中有一部车慢慢驶近，像在找寻定点，车中堆满背包及衣物，开车人探头张望，也见了阶前的三五青年，脸上又似确定，又似不敢把握。坐在门前的人索性打消他的疑虑，说：
"Right here. You got it."

这种感觉，正是旅行。来了，又走了。然后，又有来的。

这些游子（对，称他们"游子"最是恰当），许是待得久了，渐渐有些迷惘、有些失落了；许多地方不怎么要去或不去了。到了晚上，他们，男男女女，坐在 Igor's（一家近邻酒吧）开始谈那些谈不完的话，一谈就是夜深。或许他们着实在美国游玩了太久（倘若他从外国来）或是在旅途中流连了太久，不禁有点累了，于是开始一直进相同地方。每天早上糊里糊涂地登上往"法国胡同"（French Quarter）之路，每天晚上，走着走着，最后一站当然，是 Igor's。

不知道什么原因，我有点想停留下来，留在南方，不走了。不去纽约，也不回旧金山，就留在纽奥良，一两个月，或更长，谁知道。我的二十一岁老的雪佛莱 Bel

Air 型车开始有些衰弱，我想把它留在城内开，暂时不奔远了。

这时有一个澳洲人 Rob，正有意赴纽约，他去登记了 Auto Driveaway（一种帮人开空车到另一地的服务），我们聊过一下，我表示也有兴趣去纽约（我想去取我的书，再回纽奥良来闲住、看书、写点东西什么的）。过没几天，车公司告知 Rob 说有一辆车要去东岸，只是还不到纽约，只到巴尔的摩。Rob 问我去不去，我说：好。

这个决定之后，接着就出发，往后的几天，我历经了车子抛锚（车公司原说车都检查妥善，实则这部车的机油标尺在出事时探到的是一坨坨的黑泥，拖车人说："三年来他可能没有换过一次机油。"）、伸拇指搭便车、深夜两点在一个完全禁酒的小镇边上等灰狗，终于再曲曲折折地回返纽奥良。回纽奥良后我又打算找零工打，老板叫我和一个非法入境的墨西哥人同住他在密西西比河对岸小镇的公寓（公寓后院的铁窗几天前被打破，还没修），第二天清早这墨西哥人央我载他去法院（他弟弟正好被抓，准备要遭送回国），结果我的车子在横跨密西西比河上的大铁桥上突然有一种"嗡"的空谷回音，油门若踩重些则嗡声更大，状况有异，使我不敢再踩油门，让它滑行，自桥上滑到地面时，引擎盖上冒出微微烟气，而我扭转钥匙要熄火，却怎么也熄不掉。原来我的水箱的水全漏光了，车子过热，故连熄火也熄不掉。晚上我走在"法国胡同"最热闹的波本街（Bourbon St.），失魂落魄地低着头，一个十几岁的黑人少年从口袋中拿出枪来，轻声说："Give me your pocket."我转身就跑，竟然逃掉了。半个 block 外的一个坐在阶前的白人住户站起来和我说，适才这个瘦小黑人少年骑自行车和我擦身而过时，大约看我低头心不在焉，又是东方人（必是外地游客），遂掉转车头，起意抢我。这一幕（我与黑人擦身而过）他坐在阶前完全看到。

经过这一些事故，再加上身上现款已快用完，而我的银行提款卡是西雅图的 First Interstate Bank，全美有四十多州我可提款，偏偏路易西安那、阿拉巴马、密西西比这三州是 deep south（深内的南方），颇是落后，银行没法联机，我终于决定离开纽奥良。

两个月后，在波士顿对岸的剑桥，我看完《金甲部队》（*Full Metal Jacket*）后，把车停在郎费罗公园（Longfellow Park）旁，睡在车内，细雨开始下了起来，轻轻地打在铁皮上，汀汀幽响，而玻璃上先是蒙蒙的，继而扑漱漱滑下水珠，刹那间，悲上心来，几乎像是在心里要问，为什么？

其实，我那时并没想得太多。那一年，我已三十五岁，并不因年齿之增而对人生有所计划。那晚，我有一个多年好友他正住在波士顿最古雅的比肯岗（Beacon Hill）的 Willow 街上，我可以住他家，可以不必自己睡在车内感受凄冷。但我并没想这些。

我仍然继续北行，第二天。

这样的日子，我断断续续地又过了一两年。现在我会说公路有一股隐藏的拉力，令我颇有一阵子蛮怕自己没来由地就又登了上去。要知道那种上去了就迟迟下不来的可能忧恐，惟有做过好些年游魂的那类人才会幽幽感到怕。

近年来很多爱好电影的人习惯动不动就说什么"公路电影"这样、"公路电影"那样，何曾知道公路电影其深蕴的本意何在。拍《闪灵杀手》（*Natural Born Killers*）的那个导演，假如有人说他曾经拍过或将要拍公路电影，我会很难相信，因为那个导演的作品是极有计划、极究题旨又极确明目标，这样的人如何会作什么公路电影。

史丹利·库柏力克（Stanley Kubrick）这样的大导演，作品何其精深细致，也拍过《娄丽姐》这样有些公路途程的片子，但他绝不可能是个公路电影的导演。气质上，他不是。

在我的念头中，好莱坞的主流电影里，虽然有许多在公路中发生故事的题材，我很难视之为公路电影。亨弗莱·鲍嘉开着车，星夜赶路，亡命天涯，便因如此就叫公路电影？《蔗田快车》(*Sugarland Express*)、《美国风情画》(*American Graffiti*)、《雨族》(*Rain People*) 等剧情化得很厉害的所谓公路电影，皆不是我认同的公路电影。

最最像拍公路电影的人，是德国导演威尔涅·荷索 (Werner Herzog)，奇怪，他就像那种气质。当然文·温德斯 (Wim Wenders) 的多部电影原就是我认为很本义的公路电影，只是他的人在气质上没有荷索更像作公路电影之人。

因此，诸君，不要逗留，切莫对美国公路投寄太多情怀。倘若你恰好在 US 212 号公路蒙塔拿境内由 Red Lodge 到 Cooke City 这一段，或是 US 550 在柯罗拉多州境内从 Montrose 到 Durango 这一段，或佛蒙特州的

100号本州岛公路，或是自北卡罗莱纳州斜上维吉尼亚州的Blue Ridge Parkway（蓝山公路）上，这些绝色奇景路程你或许不得不好好赏玩，甚至庆幸自己运气好，是的，但略作游看就好，请别多所停留。民歌手鲍勃·迪伦在他三十多年前出的第一张唱片中，唱的《日升之屋》（*House Of The Rising Sun*）有一警句说："他从生命中得到的惟一快乐，是一个镇接着一个镇地游荡。（And the only pleasure he gets out of life, is rambling from town to town.）"

（刊一九九四年十二月《诚品阅读》）

我生活在台北这村庄上

我生活在台北这村庄上，每日起床后，只在直直横横十几二十条街巷穿梭，吃馄饨的摊子、买烧饼的小铺、喝甘蔗汁的店家皆相距不远。杂志社要交大开本刊物给我，皆麻烦他们留置某几个咖啡店，我随后步经手取便是。每年秋天，好友相赠的一大箱老欉白柚，亦是烦请寄至近处朋友公司，固然一来有楼下管理老伯收件，我不用候家等门；二来我提货时，也自此地开始分赠，廿分钟散步下来，将八九颗硕大白柚分赠将尽，自留一个搁家中，香上一个月，再切食之。流出去的那些，我往往在串门子时东吃到一瓣，西吃到一瓣，欣喜莫名。

我生活在台北这村庄上，每日走路的路线皆颇接近，许多门墙多次经过，亦未必留意及之；不少树花多次看过，亦未必有所腻厌。停下歇脚的定点，常是那几家熟悉之店，有时伫足，不过说几句笑话，有时一坐，赖上好几个小时。然则会去上那里，主要为了出门；而出门，为了四处巡巡看看。便因巡看，很容易诱于旧书店，一下子钻了进去，竟埋首好几小时才能脱身，这又很讽刺地违背了巡游泛看的本意。

我生活在台北这村庄上，报纸已一二十年没看，而世上发生事竟也可自左近遇上的人听获。茶已有同样长的时段没在家泡过，皆在店面柜上或人家客厅喝到。此种福分，弥足珍惜。又吃饭，亦在村上；有时想吃一盘蛋炒饭，竟然不远处也有，丽水街淡江城区部对面的"小茅屋"，这小厨房竟像是专为我临时设的，即烦嘱饭不用太多、油极少、蛋炒得嫩生些，也皆可办到，就像在家中吃它似的。而它是在人家家，又可付钱。有时搭一碟海带、一碟干丝、一碗红油抄手，更是酣畅。

我生活在台北这村庄上，遇有医药疾病的疑问，总有好几个知识渊博的中医西医可以三两通电话便能解惑。遇有练功行气的自我保健方式，亦极多同好可以互相授受。遇有自己或别人的心中积闷，我们与太多的朋友皆可做他们倾吐的对象，噫，我生活在何其好的一块村庄上。

或许我太习于这样小巧、邻近的村庄式生活，就连观光到了德国海德堡，亦每日在古城近处反复巡走，时而登上老桥，停步眺观，或索性过桥向北，登"哲学家步道"（Philosophenweg），南眺古城，美景尽收；但更振奋的，是氧气与宁静。时而向南攀爬至城堡（Schloss），惊见高山上有恁大平旷处、有恁大的石材建物。

主街 Hauptstrasse 与旁街 Untere Strasse 亦是来回荡步。两家咖啡馆 Cafe Weinstube Burkardt 与 Cafe Knosel

不时坐下，看几页书，写几行字，饿了，叫一盘简餐，比目鱼简餐美味极矣。

甚至我到花莲亦是过村庄生活，太鲁阁游毕，海岸车游过几十公里，其余便皆在市内步行可及处。往往由"旧书铺子"逛到"时光二手书"，由"璞石"的咖啡再吃到"泥巴咖啡"的贝果，而吃饭更贪图近距，全在大同街解决了，由"四八高地"吃到"三十九号招待所"。其余无事便随意瞎走，溪边也去，小山也爬，清风徐来，中人欲醉，走着走着，竟不觉走往下榻民宿，准备睡一个午觉了。

（刊二〇〇九年三月六日《联合报》）

北方山水

游山玩水，于我固为探奇，也为延时消日徜徉不归。愈得专心于形势之奇风土之美，愈得以流连忘返，将人事肩担之愧索性抛却。

五年前登华山，由下至上，只一条路，"上者皆所由陟，更别无路"（郦道元语），级级攀高，促人直上峰顶。即"青柯坪"，亦狭窄不适盘桓，而千尺幢、百尺峡、苍龙岭皆是手扶铁索速过之险径，及抵峰顶，方得极目四望，令人心旷神怡，渭北树、日暮云，泛收眼下。

夜宿改自旧日石砌道观之客栈，初秋天气，寒不可当，倘院中赏月，如何可也？回想来路，并无村家聚落，也无曲溪回谷，有的只是石磴梯道及飞崖洞穴，于是知登华山纯实崇高清旅也，断非"言师采药去"而你徘徊亭桥悠然林泉竟日不去的幽胜山谷。

这种古画中的山谷究在何处？

范宽《溪山行旅图》的山水究在何处？他籍贯华原，是离西安北面不远的耀县，以耀州瓷名；郭熙《林泉高致》一书谓："关陕之士，惟摹范宽。"或许范宽的山水正是关陕写照。关陕风景之大者，终南、太华也。米芾谓"范宽势虽雄杰，然深暗如暮夜晦暝"，这深暗晦暝，想必在大山深谷极幽处，似很符合秦岭山脉中的终南山。而郭若虚的《图画见闻志》言范宽"居山林间，常危坐终日，纵目四顾，以求其趣。虽雪月之际，必徘徊凝览"，这雪月徘徊，看来不易是华山。

世界山水，全有可看可叹者；然峰欲奇突、岫欲出云、峦欲起伏、溪欲狭曲、松欲蟠虬、桥欲孤短、樵欲匆过、屋轩欲偏小藏山侧、泷欲细练掩于深谷等古画中山水，看来只能在大陆求之。

　　六年前因事道经河北保定去到完县、唐县一段之太行山，山虽不高，层层连绵不尽，土岗濯濯，间有树点如画中皴。偶有孔道，北方所谓峪也。可惜匆匆一停，不能多探太行山水之面貌，却也不禁疑惑这南北绵延千里的山脉竟全是如此黄土漠漠吗？

　　应当未必。须知古代曾有一段时间北岳并不定在我人素知的山西浑源之恒山，而设在唐县南边几十里的曲阳，亦处太行山脉中。既为五岳之一，必为群山环拱，岂能如今日所见之势？并且同行土著全不提一字，想来他们也不知道。返台后读清人李云麟一百多年前之《游北岳记》，他也说由保定向西"遍询土人及士大夫，迄无知者"。搞不好这曲阳北岳今日已荒湮了也不一定。

但看古人备称清幽绝胜的林虑山，位于河南北方的林县，亦在太行南脉，郭熙所谓"太行枕华夏，而面目者林虑"，李云麟也游过，他说在林虑观黄华瀑时，恨不得见庐山；二年后亲见庐山黄崖瀑，"尚不及黄华西帘之奇。始知黄华水帘实为北方第一"。

这林虑山我在古人游记中多次见到，然今日从未听人提起，连地图上也不见标示，大约已不堪如古人文中所叙之幽美矣。颇思近日一去探看。

许多古时山水，今日已见不着，如"相看两不厌"的敬亭山，今日全非昔日谢朓、李白、王思任所见景状。何也？江河改道、水蕴不足，战乱砍伐、土木荡失，人烟耕种、文明洗刷……足使幽荒不存。且看一本《水经注》，历代无数继注者皆说出地貌迁变之无常与倏忽也。

敬亭山如今只测得三二四公尺，土颓山降矣。南麓的"双塔寺"是惟一胜景，毫无游人，静可闻针落。无殿无廊，仅孤立宋时双塔，亦可称奇。山南的宣城，已无"青山横北郭，白水绕东城"之致，乃它原来便不深芜幽莽，维不了千年奇秀。城中心的开元寺塔，一楼还住着人家，烧饭炒菜可闻。

也曾溯富春江而上，抵建德，再穿千岛湖，溯新安江，抵黄山脚下的深渡。这富春江两岸草粗树翁，加以水满不显洲汀，全不是黄公望画中潇散磊远景意。这却又是上源水库丰沛所造成之今古差异了。

大体言之，昔日之胜，往往今日淡颓平旷；而今日之奇景，常是昔日幽莽不堪攀探者。如黄山，如雁荡，如桂林阳朔之奇峰如乱马。甚或如张家界、九寨沟、神农架这等深之又深绝境。

倘要觅既非全然人迹罕至的洪荒古莽如神农架，又非平矮无奇的今日敬亭山，那样一处山水，可以倘徉忘归，可以盘桓经年，甚而可以终老一生，不知何处觅得？

（刊一九九九年六月三日《中国时报·人间》）

流浪的艺术

纯粹的流浪。即使有能花的钱，也不花。

享受走路。一天走十哩路，不论是森林中的小径或是纽约摩天楼环绕下的商业大道。不让自己轻易就走累；这指的是：姿势端直，轻步松肩，一边看令人激动的景，却一边呼吸平匀，不让自己高兴得加倍使身体累乏。并且，正确的走姿，脚不会没事起泡。

要能简约自己每一样行动。不多吃，有的甚至只吃水果及干粮。吃饭，往往是走路生活中的一个大休息。其余的小休息，或者是站在街角不动，三五分钟。或者是坐在地上。能适应这种方式的走路，那么扎实的旅行或流浪，才得真的实现。会走路的旅行者，不轻易流汗（"Never let them see you sweat！"），不常吵着要喝水，即使常坐地上、台阶、板凳，裤子也不脏。常能在较累时、较需要一个大的 break 时，刚好也正是他该吃饭的时候。

走路是所有旅行形式中最本质的一项。沙漠驼队，也必须不时下得坐骑，牵着而行。你即使开车，进入一个小镇，在主街及旁街上稍绕了三四条后，你仍要把车停好，下车来走。以步行的韵律来观看市景。若只走二十分钟，而又想把这小镇的镇中心弄清楚，你至少要能走横的直的加起来约十条街，也就是说，每条街只有两分钟让你浏览。

走路。走一阵，停下来，站定不动，抬头看。再退后几步，再抬头，这时或许看得较清楚些。有时你必须走近几步，踏上某个高台，踮起脚，眯起眼，如此才瞧个清楚。有时必须蹲下来，用手将某片树叶移近来看。有时甚至必须伏倒，使你能取到你要的摄影画面。

流浪要用尽你能用尽的所有姿势。

走路的停止，是为站立。什么也不做，只是站着。往往最惊异独绝、最壮阔奔腾、最幽清无伦的景况，教人只是兀立以对。这种站立是立于天地之间。太多人终其一世不曾有此立于天地间之感受，其实何曾难了？局促市廛多致蒙蔽而已。惟在旅途迢遥、筋骨劳顿、万念俱简之后于空旷荒辽中恰能得之。

我人今日甚少兀兀地站立街头、站立路边、站立城市中任何一地，乃我们深受人群车阵之惯性笼罩、密不透风，致不敢孤身一人如此若无其事地站立。噫，连简简单单的一件站立，也竟做不到矣！此何世也，人不能站。

人能在外站得住，较之居广厦、卧高、坐正位、行大道岂不更飘洒快活？

古人谓贫而乐，固好；一箪食一瓢饮，固好；然放下这些修身念头，到外头走走，到外头站站，或许于平日心念太多之人，更好。

走路，是人在宇宙最不受任何情境缰锁、最得自求多福、最是踽踽尊贵的表现情状。因能走，你就是天王老子。古时行者访道；我人能走路流浪，亦不远矣。

有了流浪心念，那么对于这世界，不多取也不多予。清风明月，时在襟怀，常得遭逢，不必一次全收也。自己睡的空间，只像自己身体一般大，因此睡觉时的翻身，也渐练成幅度有限，最后根本没有所谓的翻身了。

他的财产，例如他的行李，只扎成紧紧小小的一捆；虽然他不时换干净衣袜，但所有的变化，所有的魔术，只在那小小的一捆里。

最好没有行李。若有，也不贵重。乘火车一站一站地玩，见这一站景色颇好，说下就下，完全不受行李沉重所拖累。

见这一站景色好得惊世骇俗，好到教你张口咋舌，车停时，自然而然走下车来，步上月台，如着魔般，而身后火车缓缓移动离站竟也浑然不觉。几分钟后恍然想起行李还在座位架上。却又何失也。乃行李至此直是身外物、而眼前佳景又太紧要也。

于是，路上绝不添买东西。甚至相机、底片皆不带。

行李，往往是浪游不能酣畅的最致命原因。
譬似游伴常是长途程及长时间旅行的最大敌人。
乃你会心系于他。岂不闻"关心则乱"？

他也仍能读书。事实上旅行中读完四五本厚书的，大有人在。但高明的浪游者，绝不沉迷于读书。绝不因为在长途单调的火车上，在舒适的旅馆床铺上，于是大肆读书。他只"投一瞥"，对报纸、对电视、对大部头的书籍、对字典、甚至对景物，更甚至对这个时代。总之，我们可以假设他有他自己的主体，例如他的"不断移动"是其主体，任何事能助于此主体的，他做；而任何事不能太和主体相干的，便不沉沦从事。例如花太长时间停在一个城市或花太多时间写 postcard 或笔记，皆是不合的。

这种流浪，显然，是冷的艺术。是感情之收敛；是远离人间烟火，是不求助于亲戚、朋友，不求情于其他路人。是寂寞二字不放在心上、文化温馨不看在眼里。在这层上，我知道，我还练不出来。

对"累"的正确观念。不该有文明后常住都市房子里的那种觉得凡不在室内冷气、柔软沙发、热水洗浴等便利即是累之陈腐念头。

要令自己不懂什么是累。要像小孩一样从没想过累，只在委实累到垮了便倒头睡去的那种自然之身体及心理反应。

常常念及累之人，旅途其实只是另一形式给他离开都市去另找一个埋怨的机会。

他还是待在家里好。

即使在自家都市，常常在你面前叹累的人，远之宜也。

要平常心地对待身体各部位。譬似屁股，哪儿都能安置；沙发可以，岩石上也可以，石阶、树根、草坡、公园铁凳皆可以。

要在需要的时机（如累了时）去放下屁股，而不是在好的材质或干净的地区去放。当然更不是为找取舒服雅致的可坐处去迢迢奔赴旅行点。

浪游,常使人话说得少。乃全在异地。甚而是空旷地、荒凉地。

离开家门不正是为了这个吗?

寂寞,何其奢侈之字。即使在荒辽中,也常极珍贵。

吃饭,最有机会伤坏旅行的洒脱韵律。例如花许多时间的吃,费很多周折去寻吃,吃到一顿令人生气的饭(侍者的嘴脸、昂贵又难吃的饭),等等。要令充饥一事不致干扰于你,方是坦荡旅途。

坊间有所谓的"美食之旅";美食,也算旅吗?

吃饭,原是好事;只不应在宽远行程中求之。美食与旅行,两者惟能选一。

当你什么工作皆不想做,或人生每一桩事皆有极大的不情愿,在这时刻,你毋宁去流浪。去千山万水地熬时度日,耗空你的身心,粗砺你的知觉,直到你能自发地甘愿地回抵原先的枯燥岗位做你身前之事。

即使你不出门流浪，在此种不情愿下，势必亦在不同工作中流浪。

人一生中难道不需要离开自己日夕相处的家园、城市、亲友或国家而到遥远的异国一段岁月吗？

人总会待在一个地方待得几乎受不了吧。

与自己熟悉的人相处过久，或许也是一种不道德吧。

太多的人用太多的时光去赚取他原以为很需要却其实用不太到的钱，以致他连流浪都觉得是奢侈的事了。

他们的确年轻时曾发过宏愿，说出像"我再拼上三五年，有些事业基础了，说什么也要把自己丢到荒野中，无所事事个半年一年，好好地流浪一番"这样的话；然十年二十年、三十年五十年转眼过去，他们哪儿也没去。

有时他们自己回身计算一下，原可能派用在流浪上的光阴，固然是省下来了，却也未必替自己多做了什么丰功伟业。唉，何惜也如此算计。正是：

未能一日寡过
恨不十年流浪

老实说，流浪亦不如何。不流浪亦很好。但看自己有无这个念头罢了。会动这念头，照说还是有些机缘的。

以我观之，流浪最大的好处是，丢开那些他平日认为最重要的东西。好比说，他的赚钱能耐，他的社会占有度，他的侃侃而谈（或训话习惯），他的聪慧、迷人、或顾盼自雄，还有，他的自卑感。

最不愿意流浪的人，或许是最不愿意放掉东西的人。

这就像你约有些朋友，而他永远不会出来，相当可能他是那种他自己的事是世间最重要事之人。

便有恁多势利市侩，益教人更想长留浪途不返市井也。

和尚自诩得道渡人，在电视上侃侃而谈，听者与讲者俱梦想安坐家中参详几句经文、思辨些许道理，便啥事可解，噫，何不到外间漫游，不急于归家，一日两日，十日半月，半年一年，往往人生原本以为不解之难题，更易线松网懈，于焉解开。

须知得道高僧亦不时寻觅三两座安静寺庙来移换栖身。何也？方丈一室，不宜久居；住持一职，不宜久拥；脱身也，趋幽也，甚至，避祸也。

拓荒者及探险家对于荒疏的兴趣，甚至对于空无的强切需求，使得他们能在极地、海上、冰原、沙漠、丛林一待就待上数月数年，并且自他们的描述与日记所证，每日的生活完全不涉繁华之事或丰盛食衣。

这显然是另一种文明。或者说，古文明。亦即如狮豹马象般的动物文明，或是树草土石的恒寂洪荒文明。

拓荒者探险家历经了千山万海即使抵达了绿洲或是泊靠港埠，竟是为了添采补给，而不是驻足享乐、买宅居停，自此过日子。他们继续往前寻找新的空荒。

也可能他们身上有一种病，至少有一种瘾，这种病瘾逼使他们不能停在城镇，好似城镇的稳定生态令他们的血液运行迟缓，令他们口臭便秘，令他们常感毫无来由的疲倦。然他们一到了沙漠，一到了冰原，他的皮肤马上有了敏锐的舒泰反应，他的眼睛湿润，鼻腔极其通畅，再多的汗水及再寒冽的冰风只会令他精神抖擞。这种似同受苦受难而后适应而后嗜习的心身提振，致使他后日再也不能不愿生活在人烟喧腾的城市。

然他们在荒凉境地究竟追求什么？不知道。有可能是某种无边无际的大无聊，譬如说，完全的没有言语；或黑夜降临后之完全无光；或某种宇宙全然歇止似的静谧，静到你在沙漠中可清晰听见风吹细砂时两粒微如尘土的砂子相击之清响。

探险式的旅行家，未必是找寻"乐土"或"香格里拉"；然"乐土"之念仍然是探寻过程中颇令他们期盼者。只是乐土居定下来后，稍经岁月，最终总会变成非乐土，此为天地间无可奈何之事。

多年前在美国，听朋友说起一则公路上的轶事：某甲开车驰行于荒凉公路，远远见一人在路边伸拇指欲搭便车，驶近，看清楚是一青年，面无表情，似乎不存希望。某甲开得颇快，一闪即过。过了几分钟，心中不忍，有点想掉头回去将那青年载上。然而没很快决定，又这么往前开了颇一段。这件事萦在心头又是一阵，后来实在忍不住，决定掉头开去找他。这已是二三十哩路外了，他开着开着，回到了原先青年站立的地点，竟然人走了。这一下某甲倒慌了，在附近前后又开着找了一下，再回到青年原先所站立之地，在路边的沙土上，看见有字，是用树枝刻画的，道：

Seashore washed by suds and foam,

海水洗岸浪飞花，

Been here so long got to calling it home.

野荒伫久亦是家。

Billy

这一段文字，嗟乎，苍凉极矣，我至今犹记得。这个 Billy，虽年轻，却自文字中见出他多好的人生历练，遭遇到多好的岁月，荒野中枯等。Been here so long got to calling it home. 即使没坐上便车，亦已所获丰盈，他拥有一段最枯寂却又是最富感觉、最天地自在的极佳光景。

再好的地方，你仍需离开，其方法，只是走。然只要继续走，随时随处总会有更好更好的地方。

待得住。只觉当下最是泰然适宜，只知此刻便是天涯海角的终点。既不怀恋前村，亦不忧虑后店，说什么也要在此地赖上一阵。站着坐着，靠在树下瘫软着，发呆或做梦，都好。

这种地方，亦未必是天堂城市，未必是桃源美村，常只是宏敞平静的任何境域；只因你游得远游得久了，看得透看得淡了，它乍然受你降临，竟显得极是相得，正是无量福缘。

地点。多半人看不上眼的、引为苦荒的地方，最是佳境。城市楼宇、暖气毛裘眷顾于众他；则朗朗乾坤眷顾于独你。

你甚至太涕零受宠于此天凉地荒，不忍独乐，几欲招引他们也来同享。

然而，"相逢尽道休官去，林下何曾见一人？"

旁观之乐，抑是委身之乐？全身相委，岂非将他乡活作己乡？纯作壁上观，不免河汉轻浅。

流浪，本是坚壁清野；是以变动的空间换取眼界的开阔震荡，以长久的时间换取终至平静空澹的心境。故流浪久了、远了，高山大河过了仍是平略的小镇或山村，眼睛渐如垂帘，看壮丽与看浅平，皆是一样。这时的旅行，只是移动而已。至此境地，哪里皆是好的，哪里都能待得，也哪里都可随时离开，无所谓必须留恋之乡矣。

通常长一点的时间（如三个月或半年）或远一点的途程（如几千里）比较能达臻此种状态；而尽可能往荒芜空漠之地而行或尽量吃住简单甚至困厄，也能在短时间及小行程中获得此种效果。这也是何以要少花钱少吃佳肴馆子少住舒服旅店的真义所在。

前说的"即使有能花的钱也不花",便是劝人抛开钱之好处、方便处;惟有专注当下的荒凉境、逆境,人不久获取之丰厚美感才得成形。倘若一看不妙,便当下想起使动金钱之力量,便太多事看似迎刃而解,却人生尚有何意思?

事实上,一早便拥有太多钱的小孩或家庭,原本过的常是最不堪的概念生活。而他犹暗地里沾沾自喜,谓"我能如何如何",实则钱能带给他的,较之剥夺掉的,少了不知千千万万倍。

然则又有几个有钱人会如此想?我若有钱,或许便没能力如此想矣。故我真庆幸尚可不受钱之莫名自天降落而造成对我之摆布。

有一种地方,现在看不到了,然它的光影,它的气味,它的朦胧模样,不时闪晃在你的忆海里,片片段段,每一片每一段往往相距极远,竟又全是你人生的宝藏,令你每一次飘落居停，皆感满盈愉悦，但又微微的怅惘。

　　以是人要再踏上路途，去淋沐新的情景，也去勾撞原遇的远乡。

　　　　　　　（刊二〇〇一年三月号《联合文学》）

偶遇之乐

六年前游西安，西行法门寺途中，见一高塔，颇显古意，遂嘱车夫向塔处开，到了一问，村叫武塔村（属武功县），塔叫武塔（正名是"报本塔"），建于宋代。这塔古，村子也古，走在村街上，竟有难以言说的唐宋气象。当日正好有庙会，见有一二十个老太婆鱼贯地往一方向走，头上盖一方帕（当地习俗），脚上还裹着小脚；我本不觉稀奇，年少时台北也司空见惯，随口和一中年村人搭谈："这些老太太年纪很老了吧。"只是随口一句，没想他答道："哦，很老喽，六十多了。"吓我一跳，原来这些老太太才六十多岁，那岂非三四十年代还在裹脚？

这武塔村并不在荒僻远乡，却人仍是古代神情，与现代无干，实是思古的最佳场景；又这塔已显残颓，然宋制可见，又与古村老民同在一处，这种实存的呼应，端的是小雁塔、大雁塔那样孤隔的名迹胜点所不堪有的妙趣。

西安向称古城，却城中毫无古意生活，且不说古街古巷古宅子几乎已看不到。但由武塔村一例看来，西安边郊实可四处一探：譬如东行，方过灞桥不久，见一土矮聚落，下车去看，竟是一片土墙处处的小村。墙土年深月久，顶上有苔，深浅不一，化湮开来，使墙头及墙面俱极有看头，较之京都龙安寺枯山水庭后那一面宝惜有加的墙还更有胜趣。当然此处没人来游，只见一两头黑牛拴着，五六个村童嬉着。询村童此是何地，道"邵平店"。这几年遍查我有的《西安市地图册》及《陕西省地图册》，全不见录绘。

这说的是旅途中的不期之遇，当时固是惊喜，后年弥感珍贵。

这一类的偶遇，当也不少，但要能在心中搁放个几年而还想对人提起者方是最难得的。

两年前由南京往安徽宣城，途经采石矶，既是名地，且停车稍游。先看了太白楼，再到长江边登眺，匆匆逛完，要往公园大门回走，忽然听到太白楼旁的一所寺庙内传出唱经声，发自一人，声至清越，腔韵极美，想是古调。然而是什么人所唱？大陆上寺庙的和尚曾有多年限制断层，而这庙既在公园之内，又不似古刹（否则我们不会放过它），怎么会有那备富传承的高手唱声呢？那时天色渐昏，也没回头追究，便登车离开了。

几天后在泾县，看着水西的大观塔，忽然忆起十来年前在美国某华文报纸上所读小说《受戒》，署名汪曾祺，当时不知是谁，只觉笔下江南翠润旖旎一片，印象深刻；

并联想起"和尚唱经"情节，继而再想安徽古时多寺多塔，即民国年间芜湖的老太太每年赴九华山烧香亦有几步一拜这么几百里地拜上山的，故而这采石公园的唱经声颇能透出原本佛事蕴厚的地方渊源也说不定。念及此，倒有些后悔当日没登台进殿，一探所以。听这音色嘹亮，想唱经的和尚年纪应在六十以下；倘幼年出家，"文革"时佛教断斩，不知做些什么……不禁遐想。

同一年冬天，游桂林，正值该冬雨水丰沛，某日游漓江，烟山寒水，景致绝变；船上服务人员说当日之景，数年也未必一遇。我们冒雨在顶层看台上赏景，抵阳朔后被招待在码头旁的"甲天下"咖啡馆喝咖啡，也喝台湾来的冻顶茶，这么慢斟慢酌，边眺江景，也借此等候鞋袜的晾干，突然耳中传进幽幽的胡琴声，倒是与雨中的江水很合，想店家蛮会选唱片的；再一听，不对，扩音器里原就有音乐，这胡琴声并非来自唱片，便连忙套上鞋子，向外去寻，原来店外大街上有一瞎子在拉二胡。琴音幽幽怨怨，很像是刘天华的曲子，不知道我将讲的会否太夸张，他拉得比太多的唱片要有感觉，甚至我可以说乃平生听过最好的二胡。或许是那天的情境，冬天雨中，大街上没有闲杂游人；那天的空气，那天的我等游江完后的倦累及懒慢，这些皆可能是听琴曲的绝好时机；然我细看他偏着头自顾呜呜地拉着，他亦是陶然于此刻的难得微妙氛境。这瞎眼人穿着解放装，戴着帽子，年岁不甚老，五十许人，像是苦难年代的平凡却有感觉的人，很可能琴艺便是学自苦难年代，如"文革"什么的。

次年，又去阳朔，也是冬天。在阳朔旁的福利小镇闲步老街，在一片片老门板密闭中听到不甚清晰的丝竹声，午后沉静处听来，幽幽呜呜何啻天籁？于是一户户地贴近去觅，终在某一家门前找到，便站在门外听。一两分钟后，实在忍不住了，便拍门。咿哑一声，老妇开门。我说我听到音乐，很感趣味，故冒昧……她忙说请进请进。进去一看，这是后门，里头正是人家厨房，有两个老头坐在矮凳上，一操胡琴，一抚三弦；另一个对着扬琴高坐，墙上一面小黑板记有简谱，室内幽暗。我这么看了一眼，好一处角落天堂。他们请我坐，我说马上要与同伴会合，不坐了。他们说喝杯茶吧，我说不喝了谢谢。他们说要不要也演奏一下，我说谢谢我不会。接着告以来自台湾，门外听这乐曲很感兴味，故拍门探看，过些时日或许好好地再来聆听。他们说欢迎欢迎。问他们这是何样音乐？回以"广西文场"。

偶遇之至乐也。虽仅三两分钟，至珍也。这情节已略有章回小说之古况了。我走时，他们几人送至门口，神情至为诚恳，真古时田园也。

（刊一九九九年十一月十一日《中国时报·人间》）

行万里路，饮无尽茶

每日起床，急急忙忙一泡尿。接着如何？便是泡上一杯茶，喝将起来。此外究竟干得啥事，则不甚记忆。有时想想，人的一生，便在这一泡尿与一杯茶之间度过了。

近十年来，窥看人生，常以喝了多少茶以及在哪儿喝作为粗算的方法。自己也倒满意这个方法。倘一天中喝得越多杯茶、越在不同地点喝、越皆喝得下口，则这一天往往很有"过得日子"了。若这一天只在家中自喝，虽泡的皆可以是好茶，不时又能读上几页好书，以之下茶，但此一天还是没啥过得日子。何也？主要一，必不至太渴，喝不多也。二，独喝，太静态，不易发作自己的光热，喝来不高昂也。三，没有外出更换场景，没有震荡体气心跳，加以眼界无法奔行，心境亦可能执滞。这些便是我所谓的没有过得日子。

便为这过得日子，一径寻取喝茶的时机。

同时以喝茶为名义，想尽办法抬头看看天色。想尽办法往外去，找有意思处徜徉。想尽办法与人相聚，同游，高谈阔论，称山赞水。

便因喝茶，判出了一个城市是否宜于人之移动、观赏、停留。台北市，犹差那么一点。五十年前的台北，水田广布，村意犹浓，光头长须老人与裹小脚老妇犹多，那种时节，树下稍坐，若有野茶亭，所谓"四方来客，坐片刻无分你我；两头是路，吃一盏各自东西"者，倒是颇适合的。

杭州，曾有千般优势，胜景无数；然不坐下喝茶，如何能怡然欣赏？近年设施添增，俗化不少，若偶得一处幽境，更需稍坐，略略啜茶；风景者，睁一眼闭一眼，便是最好。花港观鱼，辄喝茶；柳浪闻莺，亦喝茶；平湖秋月，何妨也只是喝茶？冬日严寒，最佳的茶室是"西泠印社"的"四照阁"，缩着脖子看窗外冷瑟瑟湖上的"阮公墩"诸岛，几如海上仙山。春秋佳日，最佳的饮茶点自是"大佛寺"遗址再上几步、保俶塔脚下的"初阳茶室"。和风徐来，白堤隐约系于眼帘。

昔日佳景今已失望者，但作泛览可也，不必深究。当此时也，茶便是最好分神尤物。有道是："平生于物原无取，消受山中茶一杯。"

巴黎的小街，如穆夫塔尔街（Rue Mouffetard）、孚日广场（Place des Vosges），多么教人无尽地漫步其间，抚之叹之；但有一憾，此地不能随处喝茶，喝中国式的毫无姿态的简略之茶，那种丢几文钱、取起呼噜呼噜大口能喝、慢斟细酌也能喝的同样一杯便宜之极的茶。

加州柏克莱，人在午后北行 Shattuck Ave.，先在 Live Oak Park 略作徜徉，再向东看一些在 Spruce St. 与 Glen Ave. 及 Arch St. 上的由 Julia Morgan（1872 – 1957）、Bernard Maybeck（1862 – 1957；约当中国的黄宾虹的存殁年代，是二十世纪中人能得拥最佳美的年代）等人在二十世纪初设计的优美房子，这是多么的闲适逸然，但再回返 Live Oak Park 坐于树下，却没有一个茶亭卖茶，没有茶炉上的烟汽，亦没有喝茶的人烟；这倒不是不好，只是太清疏了，令人不能久待。这种旷冶，是美国的佳处，是荒野中一匹孤狼如三十岁时之我颇乐遨游的飘洒好原野，然过了四十五岁则无法久待。现下的我，需觅那一杯热茶，及那茶旁的温热。

Shattuck 再往北行，至稍高处，有一巨岩，称 Indian Rock，人攀登其上，面向西而坐，若遇佳日，则海湾远处两三座桥皆收眼底。不少人来此乾眺，有的来此久坐，有的躺下享受阳光，有的来此练习攀岩，有的携三明治、红酒于此野餐，的是一处佳境。此地白麻麻巨岩，颇有安徽天柱山各处峰顶之袖珍版意况，然天柱山有竹棚茶店，Indian Rock 惜乎无有。

举世最适于随时淡淡地喝一口江南式嫩叶绿茶（如杭州龙井、太湖碧螺春、黄山毛峰）的地方，是日本京都。乃它的景致最合；它的街巷尺寸，它的木造屋舍，它的疏落竹篱，它的树石，它的气候，它的颜色等皆然。人走在清水寺、高台寺的小街，走在岚山、嵯峨野的山径，流连不能自已。"哲学之道"南边近若王子神社的那两家建于七十年代末的茶室"叶匠寿庵"，多好的地方，但喝的是抹茶，太正式了，太久停了，太严肃了；有一杯淡淡的绿茶该有多好。

好茶太多了；端坐用心地饮，也太经历了；却是好的地方与口渴的时刻，方是最难得。白居易谓"老去齿衰嫌橘醋，病来肺渴觉茶香"，苏东坡谓"酒困路长惟欲睡，日高人渴漫思茶"，便是要能觅得对茶向往的渴时渴地也。

　　便因饮茶，须得烧炉水，整杯盏，蕴壶温，投叶片，斟热汤，徐候由烫至温，方能一口一口啜它；形格势禁地放慢了获得饮料之速度，不似孩子自球场或嬉戏后乍然取水之牛饮猛倾，这也帮助了我人对事物之不即取得的缓慢等待涵养，也无形中帮助了我们少一点追逐效率，甚至可说是，一天中少做了许多事。噫，吾人一天中所做事何多也，一生中所做事又何多也。

（刊二〇〇二年六月《诚品好读》）

睡觉

一个十多岁的初中孩子坐在台湾夏日午后的教室里，室外是懒懒的炎阳与偶有的不甚甘愿拂来的南风，室内是老师的喃喃课语，此一刻也，倘他不会昏昏欲睡，那么他不是个健康简单的小孩。

　　春天不是读书天，夏日炎炎正好眠。
　　秋去凄凉冬又冷，收拾书包好过年。

做小孩子时，大家都必知的一首歪诗，却又是最最不自禁歌颂了"睡懒觉"美事的经典旷达句子。

便因熟睡，许多要紧事竟给睡过了头，耽误了。然世上又有哪一件事是真那么要紧呢？

便就是要将之睡过头。

须知正因为睡，恰恰可以道出世上原本无一事怘的重要。

旧小说中的那首小诗"大梦谁先觉，平生我自知。草堂春睡足，窗外日迟迟"，或说的是管他外间有何大事发生，我且自管我睡。而愈是粗陋地方，如草堂，愈是教人好睡。也于是稻草堆，容易呼呼大睡；摇晃火车上，教人愈摇愈要睡；老师喃喃自语的课堂上，学子怎能不睡。且看和衣靠坐着，一会儿竟自睡去；倘换就睡衣，平躺床上，却睡不着了。许多人电视还开着，已打起呼来；你去把它关上，他却醒了。

可见在粗陋处，好睡。人能甘于粗陋，更好睡。

睡觉之妙，居然也在于无心插柳。

看来，人要去追寻某种不刻意，以获得一份如天赐的好睡眠，隐隐说明了福分之难。

好的睡眠，或说深熟至极的睡眠，如同是一趟大规模的旅行，行完后，完全改变了原先的状态；精神上的与形体上的。且看有的人熟睡时，有时还大声放屁，声音大到隔房都听得到，而他犹自顾打呼。睡醒时，整个人三百六十度地换了位置，整个世界他环游了一圈。可以假想一个故事：王子离开宫殿出来流浪，外间太新奇，太宽大了，他游玩累到躺在树下睡着了。睡着睡着，太舒服了，有好人要叫他也叫不醒，太香甜了。有坏人去偷他的行囊及盘缠他也不醒，太酣熟了。最后有乞丐一件件地脱去他的华丽衣袍，他还不醒。乞丐索性再将自己的身上褴褛换穿到王子身上，他仍不醒。所有的人都走了。不知过了多少多少辰光，他醒了，好大好长的一觉（其非 Chandler 的小说名？既是 *The Big Sleep* 又是 *The Long Goodbye*）！他看看四周，多么灿烂的世界，鸟也叫了花也香了；自己，多潇洒的装束，多漂亮的模样；他已然是全新的一个人，没有什么不必要的从前。不知道自己从哪里来，也不顾虑自己要往哪里去，因为天地之间便是当下如此的美丽。

睡，使得原先惊心动魄之情境得以暂且斩断。逃难中，适才敌人炮火险生，现下避于水旁苇丛里，动亦不敢动，大气亦不敢呼一口，屈缩着，熬着，终至累得睡去。不知多少辰光过去，待醒转，天净沙空，宛如原先不曾有任何事发生一般。海上遇暴风雨，惊涛巨浪，水手全数抢着护桅保帆，救此援彼；黑夜中，一忽儿浪高到几十丈外的天顶，一忽儿又乍降至几十丈下之深底地狱，整艘大船便只如一小木片，人渺小到完全不能妄动，只是听任天地的抛来丢去。每个水手早已筋疲力竭，只能紧紧抱住手边任何固定的柱条、索干，终至慢慢昏死过去。不知过了多少辰光，醒转了，天青风定，海面平匀得连一丝波纹亦无，整整如一大片镜子。何等宁静，宛如先前不曾发生过任何事一般。再可怕的事，睡觉也能令之诀别。

再可悲伤之事，睡觉亦能令之暂诀。亲人弃世，家中众人在灵堂做法事，做一阵，思及亲人，哭了。继又一阵，又哭了。一会儿大姊哭泣，一会儿小弟也拭起眼泪。五个钟头十个钟头过去，泣泣停停不知多少回，夜深了，哭也哭乏到必须睡了。

小孩骨头发贱，吵闹不休，终弄到父母一顿好打，哭了，号了；哭着哭着，声音由大变小，累了，睡着了。待得醒来，全忘了先前自己种种，只觉万事笃平，管自己想注玩什么就注玩什么。

即使是大人，若能让自己哭，当是睡眠最好的良药。但如何能哭呢？最好是看感人的电影。

此种可教人落泪的电影，不知是时代的关系或什么，已然多年遇不上了。

用药提瘾（tripping），人在高昂处，或随音乐幻思，或随光影虚游，如此可推走八小时、十小时、十八小时；必得最后躺下好好睡一大睡，方能与先前的迷幻状态切离。

隔绝之必要。

所以要睡。以与前日分开。暂别也。而醒后又各事万物得有新意。吃了LSD后所得八或十小时之迷幻，将人带至渺渺冥冥之境，然竟要奔至何方？终也需泊岸不是吗？最后惟有一睡，方是尽处。

所以要老。以与岁月隔绝，以显示少年时与今之不同，而见出距离遥远后之美。

所以要在车站分手。各奔自家途程。如何可以长相厮守？亦不宜长相厮守。

所以要留着老家的阁楼。每隔很久回去，登上楼，拨开蛛网，翻箱倒柜，旧时相片、老铜板皆令人神思远荡。

曾经想过在小说中可用这样一句子："睡一个长觉，睡到表都停了。"

有一种经验，已太久没再发生了，有可能这辈子也再不可或得，便是：一睡下去，才觉得只过了半小时，就醒来了，然而事实上已满八小时。

这是多么美的状态，惟孩童时方能获拥。悲夫，老矣。

（刊二〇〇三年十月号《印刻文学生活志》）

玩古最痴，玩古何幸

年前于中坜云南聚落尝小吃，见一人家门联，"四季有花春富贵，一生无事小神仙"，读之伫步，悠然神往。噫，一生无事，千万人中，得一人乎？

人一生奔忙何者？来来往往，汲汲营营，不可稍停。但有一歇脚处，即树下石旁，便感无限清凉，真不愿立然就道，心忖：再赖一会儿多好。多半之人不久又登途，续往前行。此中若有于其人生一瞬稍作停思者，不免兴出好些个零琐念头。

便这等零琐杂念，积存胸中，时深月久，挥发成某种从事，其中一项，谓之玩古。

倏忽已是二十一世纪，国人积前数十年勤奋业作，社会称富，好古者更加乐于拥物。三五月夜，良朋来家，出酒治菜，把杯言欢。大畅酣饱，随又上茶，茶过数盅，延至另室，开箱取物，展看己所珍藏，摩弄研讨，断朝代，道兴废，真乐之至矣。

大凡人之沉浸古器，隐隐然有其先天前世召唤之不得不之势，一旦触探，便深牵系人之。如言天性，不待学而知、知而喜、喜而痴迷也。好古，亦隐有抛斩世腥弃绝繁华之志，偶于几前摩赏，但觉古砚解语、梅瓶知心也。

社会既富，伧俗之人搜买古物不免以之装点家厅，以之炫夸朋友，以之应酬宾客，甚而以之储值保财也。清雅之人博看详讨，为搜得一器，爱不释手；雨破天青，邢越汝定，虽由人造，终成天物，常自认为解人，大有人生得一知己足矣之慨。以古器映照自家品味，而自己原是此器之知音，便他人蓄此，亦是不得正主。其痴概有如此。

俗雅二者之玩古，相异固如是；然爱其斑斓锦锈、年浸月淬之古气旧趣美致，则其一也。

玩古最赖有痴。痴者原不乏，苛恶社会桎梏了他；痴者原多有，穷狠世界障蔽了他。痴者固有，于玩古最见其极，尝见有人每于静夜，心神俱闲，取古器于橱笼，一一陈列几榻，展之观之不足，继以手握之，指甲轻抠之，放大镜窥觇之，张口呵润之；随又重新排阵，如校阅兵士，看一回，叹赞一回；燃香烟吸吐，神往也；取槟榔嚼咬，发高昂情也；斟茶汤漱吞，解渴热也；更有筛烈酒下喉，尽酣肆之心也；播放摇滚音乐，振其波荡不尽淋漓快意也。当此一刻，顾盼生姿，游心太玄，尘土肚肠为之浣尽。所列诸器，其年代固称宋元明清，然于他，不过与古人通声气耳。此以一人与诸器订交，但求遨游古人大块也。遇阅古甚广者，可彻夜谈；若对伧父，何妨珍秘不出。其痴也如此。

人之大患，在于有我；上天有好生之德，遂发派我人奔忙庸碌于外间万务，使之得一忘我。世务纷纭，人之心神终要觅一栖息处，否之空空渺渺，最是难堪，大有不可如何之日深叹。当此时者，最宜也玩古。佳友往还，古籍映求，须得有他；长日清谈，寒宵兀坐，亦赖有他。赏心也，瀹性也。而玩古者，最宜也丧志。不丧志，何知有志？有志而不偶丧，不可确此志之当否固立。

值此腥风秽雨浊世，则痴人愈发要痴，愈发要抱残守缺。不痴若何，莫非有益。有益复何？终做了无益之事。

（刊二〇〇四年六月七日《中国时报·人间》）

美国公路三题

西部的便车客

开车。一路向西。没决定要往何地，就先开吧。只要往西边开便是。

途中也遇见一两个伸拇指搭便车的。自公路上见着，颇有一袭说不出的荒况，蛮称得上一种感觉的。唉，我也与大多的驾车者一样，没有停下载他们。

搭便车（hitchhike）已然愈来愈难，但有一句经典的说法，颇可给流落道途的人打气：

"只有一条路是你不能搭到便车的，便是从地球搭到月球的那条。"

Nevada，Missouri。周日午后整个镇一点人声、活动皆无。我的车静悄悄地滑进了这个小镇，随即在法院广场（Court House Square）边的树荫下停了下来。我累了，或只是想停歇一下，便大开车窗，翘起脚，架在窗台，睡午觉。惟一偶尔听到的声息是法院对面一家录像带店（星期天惟一还营业的一家）有车不时停下及开走之声。

半小时后，醒来，发动车，离开。开着开着，发现车内多了一些同伴，十多只苍蝇。尽管窗户大开，它们也不飞走。有时我放慢速度，令刮入之风显得少些，便有三两只飞得出去。这些苍蝇，便车一搭就搭了一两百哩，直到 Kansas（是 Cuba 吗？）才全部不见。

这些苍蝇，当然，是西部的苍蝇；Nevada 在西密苏里，是标准的当年"西部"的区域。事后才知道，大导演约翰·休斯顿（John Huston）二十世纪初生于此地，是典型的西部孩子。但很奇怪的，除了《恩怨情天》（*The Unforgiven*）与《乱点鸳鸯谱》（*The Misfits*）这两部不怎么西部味的片子外，他不怎么拍西部片。

零钱美国

Eugene，Oregon。我在咖啡店坐着。无所事事。一个人不时盯着我看。一阵子后，他似乎觉得与我愈来愈熟悉，往我身旁的桌子坐下，与我聊了起来。不久，他问我可否换他两张一元纸钞（他用八个 quarter）；我心想，没什么不可以。于是掏出两张一元券，换得他八个铜板。他很客气地说谢谢。又过了三五分钟，他去柜台再买一杯咖啡，四角五一杯，他掏出九个五分钱（nickels）给女侍。端着咖啡回到我身边的座位，和我继续聊。他说他是"街头歌手"（street singer），收了很多很多的铜板，由于他四方走埠，没有银行户头，无法将他无数个的零角子换成钞票，于是他用钱时，都是给人铜板，一个一个数，常遭人白眼。另外的不方便是，出门时必须"负重"，常常带着几磅重的钱，因此我见他椅子脚边躺着一个帆布军用小包（但奇怪，没见他的乐器如吉他什么的）。我说，我也是过客，否则我可以去银行帮你换整钞。他说很感激我的好意，并说他大概能在这一家咖啡店及隔壁的自助洗衣店换出二三十元钞票来。我说，祝你好运。

在好几次横跨美国的旅程，皆经过新墨西哥州的Albuquerque；倒不是这个城好玩，也不是因它是"六十六号公路"（Route 66）这条古道所必通过，总之常常来到这里。并且下榻在主街上的一家 motel，乃它是一家要价十四或十六元（二十年前）的低价旅馆。与许多西南与南方的 motel 一样，店主是印度人，从你一推门闻到的气味（点的香与烹调咖喱之混合）便知。这一天，我登记好身份，掏出一张二十元纸币给他，他说："先生，我没有纸钞，找你铜板好吗？"

隔了两天，我都已离开那城很远了，在公路上突然想起这桩小之又小的事：为什么他只有铜板没有纸钞？

噢，是了，他绝不可能没有纸钞，是他见天色已晚，已把纸钞点妥收好，藏放在稳当的地方（如保险箱内或枕头底下），不想恁晚还有人进来，恰好还他妈的是个东方人，岂不更方便我打商量，索性叫他把这些铜板给销销掉。

在旧金山的 BART（湾区捷运，一种地下铁）车站，我正准备换零钱买车票，一个人走过来，说他有零钱，可以换开我的五元券，说着他掏出四张一元券，及一些铜板（其中有 quarters，nickels，dimes），正合我的需要，乃因我需买一元八角的票坐至柏克莱，便同他换了钱。我正要投钱进售票机，却见面前机器亮着 out of order 的红灯，他也见着了，说试另一台，他并殷勤地要帮我投币，我说我自己来，谢谢。他这才很谦和地转身，又乍见另有一人面对机器似要取出纸币，他马上走近那人，说可以换他零钱。哇，这是他的工作吗？

中国餐馆

二十年前。

在美国内陆旅行颇久之后，对于有中国字眼或图样乍入眼帘，会感到惊喜，甚至期待。而中国餐馆，是最可能的地标。

即看电影见片中有中国蛛丝马迹的，也会专注起来。

德国导演文·温德斯的 *Alice in the Cities* 一片中，男主人翁 Redigen Vögler 受托带着小女孩 Alice 乘飞机离开纽约，抵达鹿特丹。他们进了一家店。一进门，音乐中传来的是中国流行歌曲，原来他们二人进了一家中国餐馆。

约翰·休斯顿在一九四八年导的一部经典《碧血金沙》(*The Treasure of the Sierra Madre*)，讲的是三个穷途潦倒的美国人到墨西哥的最主要脊骨——"母山"(Sierra

Madre）淘金的故事。片子开始时，亨弗莱·鲍嘉饰演的 Dobbs 在墨西哥的坦匹戈(Tampico)伸手跟人要钱,他说："Hey, Buddy. Can you spare a dime for a fellow American?" 给他钱的是穿整套白西装的约翰·休斯顿。Dobbs 拿了一块披索（Peso），吃了一顿饭，从侍者的侧面来看，这家饭馆应该是中国餐馆。事后对照 B. Traven 的原著小说一看，果然是中国餐馆。Dobbs 只有一块披索，吃中国饭最是便宜。看来全世界皆是如此，不只是美国的中国餐馆而已。

在公路上旅行太久太久以后，有一点想停下来了。甚至想停在一处有点像"家乡"的地方，比方说，像中国餐馆什么的那种地方。

开始有一念头：可否在一个中国餐馆打工？前几天经过密西西比州的 Natchez 小镇，在中国餐馆问起，他们给的时薪是二元几角而已。

这几天，终于停了下来，在亚拉巴马州的 Huntsville，找到一家中国餐馆，做起端盘子的工作来。以下所写，既是札记又是信，原准备寄给纽约一些朋友，好让他们知道我在干嘛：

在 Huntsville, Ala. 油价要一加仑 1.07 美元左右，贵。我途经的 Ohio 只要 0.96 左右，在印第安纳及肯塔基两州也约 0.99 而已。可见这个看来较小较新兴的城是比较朝繁荣方向努力的，税竟然是 7.5%。

生活中不可能有电影院或艺术。幸好我近一二年也不常观影。忙碌、急躁的工作令我常看表。

工作后，在周末逛大型 shopping mall，觉得甚是好玩。店内衣饰皆变得好看起来。并且，每天很喜欢吃甜食。逛 mall 必吃冰淇淋，半夜在家很想吃葡萄干。

附近有一家原木搭造的木板式房子餐馆，donut 很好吃，很甜，我往往一次吃三个。

紧张。来此的第五天，才撇了第一次大条。极少放屁。

在室内过久，遇有阳光之日，走在路上，很感"南方气"之给我的欣喜。

从宿舍至餐馆，须步行八分钟。若步行到最近杂货日用店，须十四分钟。

至今在我起居附近，尚没见到一幢老房子或老树。这是新辟地面，没啥坡度，平坦单调。

想念在看电视的生活。室友，广东来的年轻人，每晚看录像带（洪金宝的《五福星》，成龙的《威龙猛探》，区丁平导的《花城》）及 cable 电影。这些录像带是以邮寄方式从洛杉矶租来的。劳碌之余偶尔也跟着看这些电视，很爽、很有感受。

房间没有书桌。这信写于一家 Sub 店。

同事。你我很难料想那些劳工阶级的意识状态与他们的社交方式。他们平常不多同"与他们不同程度的人"哈拉。当你一开口问他们事,他们的眼睛突然睁开、表情刹时备起战来,好像不专心面临你便不能听懂你的话似的。当然这一来因为他们是广东乡下来的,语言上有些与外界自呈封闭,但主要还是他们对于他们不同局面的人有陌生、隔离、畏忧或甚至不信任的动物自然本性。只是,你若是某日出门三小时,回家后,他们很乐意知道究竟去了些什么地方。

乡土感。这是家庭手工业,所以一家人自成其乡土意识。所有外界的人他们不敢立刻收进他们兴致的 collection 里头。因此他们也不多问你。多问本就是多透露。但最主要的,还是因为他们根本不知道外界别的行业,他们太封闭于自己的劳作,不能也不敢想别的。旁想叉思是分心之业,造成破功也。端看他们每日的谈话便知。他们是举世最没有话题的民族。因为他们生活中没有事件也。亦不要事件。

工作上大致是愉快的。每天皆能按时自然醒来，没用过闹钟，也不会睡不够。你们很难想象这种没有书本的房间生活，人只有坐着，没事干。可以任意想事情，但也弄不出什么事情来想。一切是简单，与一天工作后劳累的歇息。这于我是很难得的机会，我甚少如此歇息心思。三十多岁的人，只做过两次劳力的工作（前一次是十多岁时抬报纸）。

惟有赚钱一事，此处是说不上的。此地人上中国馆子仍不当作是应当付标准小费的。往往只付百分之七或八（百分之十五且不说，百分之十也不愿），还有根本不付的。

一个月后，结算完工资，我又继续上路。原先我期盼的"家乡"，完全感受不到。那些个中国招牌、中国字样实在只是公路移动中稍纵即逝的温暖幻觉而已。

（刊二〇〇五年六月廿九日《自由副刊》）

瘾

不抽烟了。倒不是烟这样东西危害健康，实是不想没事动不动就念及它、动不动就非得碰碰它、动不动就先点燃上一支再议其他事体等等这种弄到与它相依存的其实完全无必要的窘境。

就像有些小孩，凡没事，就想手捞"乖乖"这类香脆食物的那种我看去已感心惊的状态。他常常一吃吃一桶。

也有人，凡饮液体，便是Coke。常常一喝三四罐。

他甚至拔开铁环的"噗哧"声，也必须常不离耳际。

连音效也可能成瘾。

这种事我真的懂，且看有时在朋友家中偶嗑瓜子，我也是不停地吃，想想似也够了，却又不自禁又很俭约地轻轻抓了一小把，潜意识里好像以为稍稍再嚼几下便可收口，结果又吃出另一堆壳山。

吃葡萄干也是，吃着吃着，突觉这么甜的东西应该要停手吧，好，再挑取最后几颗嚼嚼便停，结果又在肚子里放进了几十颗，心里一阵嫌恶地把桶子推远，甚至将它放到家中僻远角落。这造成我后来再也不敢在家中置买此物。

人为什么会有惯性动作？而又为什么一径延续这种动作而脱不了身？

莫非人喜欢熟悉？是了，文明指的就是这个。人要一直因循熟识，以至渐渐弄成规律，也同时形成了瘾。

在戒烟前，我早想过另一事，戒咖啡。但我想戒的不是咖啡本身，是戒掉"坐咖啡馆"这件习惯。咖啡这样东西不是问题，不是考虑咖啡因或某些健康的因素，是为了想斩却没事就进咖啡馆这桩生活。主要我压根不需要这种生活。尤其我平日总是走来走去，若是动不动便提醒自己"是不是该到咖啡馆坐一坐啦"，最是伤害简略却又丰润的生活。我去咖啡馆干嘛？其实只是逃避。逃避任何可做之事或有些必做之事。逃避也没关系，坐在树下逃避或蒙着被子躺家床上逃避都好，干嘛跑到咖啡馆？

我曾爱在聊天或写稿中备赞有些游经的山村，用的句子大约像是"这里的村民几百年来不知道什么叫咖啡，也一辈子没喝过一杯咖啡"来吐露出我无尽的羡恋。

而今，不敢说自己能达简朴之境，但生活上太可抛忘之物事的是颇有，咖啡绝对是。它令我太像假都市人。

很多自然而然形成的生活，如没用冷气，如忘了有百货公司（不知有多少年没逛过百货公司了，他们说的SOGO像是出口极顺，我亦不时走经，奇怪，总是忘了走进去），如不曾看舞台表演活动（两厅院之设立于我完全派不上用场），如士林夜市我亦三十年来只去过一或两次等等，使我已不甚像城市人，那么何必再去弄上一桩"上咖啡馆"的假城市人行为呢？

乃我忘了有那种生活。

现在尤其稍有一点岁数了，我更高兴居然能忘了不少的生活。似乎有这么一种状况，少掉的生活项目愈多，愈是没有寂寞的感觉。这就像愈是时时在回手机、查看手机玩手机的人，愈可能最是寂寞道理一般。

主要在于甘心放弃。放弃那一种生活。

要在每日醒着的十几小时里少掉了那一件事。岂不见有人连消夜也终要弄得去戒；乃吃消夜也委实成了一种瘾。

故戒烟，不是说烟的好不好、健康不健康而已，是压根儿把它从头忘掉。譬似小孩子不抽烟，并不是因为考虑健康或不健康，他并不意识到大人在抽烟，他根本还没发展出这个概念；我便是要设法回到小孩时的阶段。故当人们问我："我们在你旁边抽烟会不会吸引你想抽？"我说："奇怪，我都没注意到呢。"乃我已忘掉了这种生活。

再就是戒熬夜。因为生活太没有归宿，于是便无所谓家，终至弄到不必回家了。那么深夜仍在茫茫荡荡的寻觅，寻觅那不必寻得之空无。就这样，晚上不忙着睡觉似乎极是自然。自然到二十多年来皆如此，噫，岂不可怕。

然近日感到一点意思也没有了。事实上，熬夜早就不供应有感觉的生活已太久太久了，只是自己不想去检视罢了。人为何要在今日先支用明日的时间？今日事今日毕，原本就该令十二点是宵禁时刻，所有事皆须在此之前了却，明日事明天一大早起床再办。然后明日亦有明日的宵禁，绝不预支后日的时间。

有人问从不熬夜的人："你是怎么办得到不熬夜的？"不熬夜者说，我只是把深夜放弃掉，为了保有更多的早上。很简单，只要放弃甲件，乙件便是你的。

你放弃了先前的所爱，便比较可以拥有新来的爱。

放弃某种生活，其实有不少事我早便在做了。例如看电视球赛。我自年轻时便绝不看，人家在打，而我在旁边看，这不太是我的习惯；尤其还隔着一片玻璃镜框，何苦呢？再者，乃我觉得这种嗜好太奢侈。尤其我已不怎么干正事，当然更不敢教自己多增这种享受。

同理，我已二十年不看武侠小说。

也不看杂志。不惟不看消闲杂志，也不看所谓的正经杂志。不但不会买来看，即使坐店吃东西或理发，也不顺手取来翻看。

亦不看报纸、电视。报纸太厚，电视太烂。主要是人在家中实在已不堪再加入这两样东西。"人在家中"四字代表家中一天生活时光已很拮据，如何还容得下这些屁事？我常说，回到家里就该只是洗澡睡觉大便，哪还会有时间弄别的？要知道电视上所报的时事，在店里吃便当时抬头几分钟便全得悉，哪值得在家里大张旗鼓地装上 Cable 来看？要喝咖啡，到店里叫一杯来喝便是，哪里需要买备各种器材自烹慢酌？要看电影，到戏院看便是，哪里需要在家中一片接着一片 DVD 往下看，那还得了！岂不昏天暗地？

　　真的，在家里就只能洗澡睡觉大便，若再有一点多的时间，也不过是等洗澡等睡觉等大便罢了。那些自认能在家中做更多文化、消闲享乐事如看报看 DVD 煮咖啡的人，或许正是把睡觉、大便、洗澡的时间弄到不足的人。

　　你以为家多伟大，什么 home，sweet home，但它只能容你做没几件事情。真是如此。你怎么敢还以之放万册书、搁四十双鞋、填满了家居呢？君不见，你真正能使用的，只是萧然四壁的那个家而已。

莫非这便是人对自由之取舍。

譬似戒烟，有人谓很难；那或许是太久太久没尝受真正的自由。

倘真正自由惯了，压根不会去埋头追逐某一种很特殊狭窄的口味。

就像很习于自由之人也不会东张西望四处去找是哪一个制造出的二手烟。

他有一种无知的糊涂。

有味道的东西，易教人上瘾。有特殊味道（有时甚而不能算是美味，像烟这么辣，酒这么呛）的东西，更可能久而久之后教人上瘾。而有样东西,比较算是没味道，似乎不会叫人上瘾。什么？水。

太多人爱水了，也会称赞它的淡而甘美又隽永的味道，是的，但将之倒入喉咙总是自然的量，不会一喝喝三四罐。

于是有人甚至说："我想讨一个老婆，最好她像水一样，我必须喝，但怎么也不会上瘾。"

有没有人喝水上瘾的？或许也有。我的一个朋友，每次碰面都见他拎着一瓶矿泉水。当要进电影院了，或大型公园时，他说："等一下，我去买瓶水。"哦，是了，他不是对水的味道有瘾，而是对随时提防脱水或避免渴意这种"精神忧惧"产生了累积的瘾。因他虽拎着水，却不怎么喝；偶而泯一下，也只浅浅一口，如同润唇。

所以他凡要去距离便利商店稍远之地（如公园）或稍久之时（如看电影），他便先要将水买备。

哦，如此说来，莫非他已然对距便利商店稍微远一点的地方都不禁有一袭不安全感吗？

难怪我与他约在咖啡馆时，他入座后，那瓶水搁桌上，自然不用喝；更奇怪的，店里的水他亦喝得不多。故他的安全感问题，不是对水，而更可能是对地方。是抽象的。亦即，若此地犹处文明（咖啡馆。有水源之地），则我不自备物资；若此地处于荒野（电影院。需有一段时间与外隔绝），则我还是自备救急解厄之物为宜。

其实，常常手拎一瓶水的人，还蛮多的。身边你随便计算一下，便有不少。

（刊二〇〇五年四月号《联合文学》）

十年目睹之怪现状

被捕的嫌犯懂得以衣、以手遮面。

高中生书包之好以鄙俗书法绣写野陋古体诗句或武侠意象。不自禁以荒芜的现代来追溯不存在的古代。

枣红色的铁皮屋顶无所不在。隐隐有要成为日后的惟一屋顶材质之势。

"美 × 美"这种台式自创的修改版野意三明治及快

速成形米浆、奶茶的早餐店竟然大行其道。

砂石车，不知何故，极易辗死人。

凡公园必修一段"健康步道"。

泡沫红茶店或 35 元咖啡店常聚集着边打牌边等取及等送签证的旅行社小弟。

国片工业完全萎缩，好莱坞片与日产荒诞话题片则大受欢迎。不啻是整个世界追求同构型之一斑。

台湾是全世界唱盘放弃最快、最全面的地区。

也是饲料鸡、饲料虾、饲料猪，饲料虱目鱼及饲料胖小孩急起直追最有成效的地区。

中学小学门口在放学时等着成群的爸妈、爷爷奶奶与菲佣，以及他们的各式交通工具。

槟榔西施。公路奇景。

书的封面喜登作者照片。且常是穿戴鲜亮、刻意打理过的仪态。

有一段时间，安非他命突的一下增多；而又有一段时间，咖啡店突然疯狂般地连锁开了起来。

写真集，女艺人的副产品。真者，肉也。

青少年不带表情地说出一句"是哦"，作为无可无不可的接腔。

也爱每两三句话就加一句"对啊"，如同断句。且是自说自话，并非接腔。

佛教事业之大兴大盛。且各派俱皆是新派。电视上各有节目，各派讲道各成其理。

星座之谈趣于茶余饭后，论析于书籍电视，几成全民的命理常识。

红葡萄酒披靡全台，致增多了一些词语，"蛮顺的"、"口感不错"云云。

"休闲"一词，受人无处不用，"休闲用品"、"休闲服"、"看起来很休闲"。

素食自助餐馆与人行地下道播放的新派庸俗版佛教音乐。有时将"南无阿弥陀佛"六字反复轮唱。够猛。

有一阵子，"狗不理"包子店突的一下开了多家，又有一阵子轮到锅贴店。近一阵子，"快可立"式的快速饮料店（以机器封闭软盖）狂开了起来。

有一阵子盛行水晶调修磁场治病，有一阵子流行收藏台湾民艺家具。

"旅行"，成为出版的一种门类。报纸及电视谈到旅行，如同是一时尚。

尽管快速食物极多，泡面之奇高消耗量仍屹立不摇。

减肥行业猛然勃兴。往往取代房地产在报上大登广告，而成后起之主。

综艺节目匠心巧思，又臻高峰。主持人妙语如珠，即瞎掰亦常致天成之趣，已是语言闲口节目之高度成熟，贺一航、胡瓜、陶晶莹、吴宗宪、许效舜各擅其胜，各领风骚一时。

连续剧又复受人喜好。往往愈是陈腔滥调、旧戏重制，愈有围观之众，如武侠小说之改编又改编者，如包青天本事等。

福州胡椒饼与所谓的"傻瓜干面"又复兴了。

佛经重刊及讲道书籍散放公用电话机上，随人取阅。

男扮女装，所谓反串秀，颇成气候，无人视为忤，可称如鱼得水。

咖啡店、西餐厅的厕所装设一种定时会喷射化学芳香剂的机制，甚至戏院有的也如此。委实恐怖。出租车也如此。

言情小说又复苏了，且多是少女作家。

年轻人常见抱狗逛街者。

青少年自杀颇多。

警察以警枪自杀亦颇有。

到处见有出租车停下睡觉者。

政治人物的传记，出版既多且快。常喜出以秘辛体。

收音机节目又复苏。

连锁书店开之又开。

原本台北已是世界近视眼之都，是补习班之都，是摩托车之都，是瓷砖墙面之都，是牙医诊所之都；如今更是 KTV 之都，保丽龙之都，免洗筷之都，亦是便利商店密度最高，吃便当的人口密度最高、冷气机开启时间最长，又是泰缅餐厅突然登陆最快，拉面、bagel 突然登陆最快的城市。

（刊二〇〇〇年二月二十四日《中国时报·人间》）

纽奥良的咖啡

纽奥良（New Orleans），美国南方最具风华的名城，法兰克·诺瑞斯（Frank Norris，美国自然主义小说家）声称的美国仅有的三大城（其余二大自是纽约与旧金山）之一；是伟大的密西西比河的出海口，是法国人与西班牙人共同生育下来、再由美国奶水喂大的孩子。它虽身处南方沼泽湿热低地，几百年来一径闪着澄澄金光，不理虫蚁、不避蔓藤，高立其上。

纽奥良这南方花都，自有其成名之处，像马迪葛拉

（Mardi Gras，忏悔的星期二）嘉年华会的化妆游行，可使整条运河街（Canal street，传统认为全美国最宽的一条路）万人空巷。像克里奥耳（Creole）菜肴，令各地的美食家垂涎不止。像城中的古墓园、铸铁雕花小阳台、曲幽的后院天井，在在令人流连，或驻足停憩，或留影志念。是的，它是昔日所谓的"寻乐城"（gay city），总让人追求那好时光（good time）。且撇开它永不止歇的爵士乐、格局小巧的旅馆、路上的画家与踢踏舞者等早已为人耳熟能详的诸多好处，不妨只谈谈纽奥良最平实、最起码的日常享受——咖啡。

喝咖啡最负盛名的代表区，当是临着密西西比河滨的"法国市场"（French Market）。当年由中南美洲进口的咖啡豆在纽奥良港口卸货后，便运来此地批发或零售。数据显示纽奥良人每天喝四杯咖啡，是全美平均饮用量的两倍。纽奥良人喝咖啡，还讲究佐食，通常是甜点。自十九世纪中叶以来，咖啡佐食也有不同的流行。

以下这一张简表，可以看出佐食的变化：

1856 年——各式糕饼

1880 年——面包加奶油

1884 年——薰肉与青豆

1885 年——薄脆饼（wafer），或像咖啡小蛋糕之类的东西

1916 年——三块卷纹油煎饼（three crullers）

1923 年——三块无纹炸圈饼（three doughnuts）

今天——三块方形贝涅炸饼（three beignets），上洒糖粉

在"法国市场"的头端，有一家开了一百多年的"世界咖啡馆"（Café du Monde），总是座无虚席。一杯咖啡现售七十五分（此一九八四年"世界博览会"时之价），咖啡送到，即须付钱，账单在这里是不用的。"世界咖啡馆"也不用菜单，只在墙上挂一小牌，上面只写着三道食物：咖啡、牛奶、贝涅炸饼。"世界"的咖啡，是所谓的 cafe au lait（咖啡加牛奶），咖啡豆焙得比较黑，再混以菊苣（chicory）粉，使之极浓极烈，烧好以后，一半热咖啡，再加上一半热牛奶（注意，不是奶油），这就是 cafe au lait。这里的贝涅炸饼（beignet，如同方形的 doughnut）是热的，上面满布糖粉，往往我们在埋头进食一阵后再抬起头，常见邻座有三两人唇上或胡须上沾着白雪花，这时才很警惕地在自己嘴上抹抹。"世界"是二十四小时营业的，有一点像台北永和的豆浆店；我们每次在"法国胡同"（French Quarter）饮酒至夜深，总会在回家前去咖啡馆逗留一下，算是吃消夜。这种生活也很像从前在纽约的格林尼治村（Greenwich Village）听完爵士乐后乘计程车至唐人街的"新乐记酒家"吃黑蚬煲作为临睡前的消夜点心。谈到这里，总不禁为自己过了多年夜猫子生活有些微感伤；良夜不用来早早安歇，是有些暴殄天物的意味。无论如何，纽奥良的夜晚是多彩多姿的，让人不忍离弃。

除"世界"外，另有一家原在"法国胡同"名闻遐迩的老店"Morning Call"，三十年代两个小说家福克纳与休伍·安德森（Sherwood Anderson）常一早在此不期而遇，喝上一杯咖啡，讲个几句话，两人再各自回返公寓，继续写自己的小说。"Morning Call"好些年前搬到郊区Metairie，坐落于一个购物中心里，地址是3325 Severn。这两家老店仍旧卖的是cafe au lait，佐食的甜点仍然是beignet（长方形的doughnut）。上述两个店，当然是观光重点，初抵纽奥良的游客，不能不尝尝这"咖啡加牛奶"。但纽奥良的在地居民，若要上咖啡店，往往会选"法国胡同"里Chartres街625号的小店"La Marquise"，有很好的蛋糕及croissant。或是到uptown靠近Tulane大学的两家"P. J's"咖啡店，那里地方宽敞，可以看书做功课，咖啡也是特调的，有雅皮的味况。至于靠近市立公园（City Park）的Mid City区，也有一家雅皮风格的咖啡店，叫"True Brew"，也是看书的好地方。

一个丰姿绰约的不夜城，必须要有一些金黄色质地的某种东西，才能助其散发温暖浑醉的永恒光芒。在纽奥良，咖啡是不能不提的。一八八四年的《史笔一描》书上写着："卖咖啡的小贩，他们的白衬衫就像大理石桌面一样的洁白，他们的钮扣就像瓷杯瓷碟一样的光亮。"汤玛士·刚（Thomas Gunn）在一八六三年写道："咖啡从精雕的锡罐子里取出，再由令人炫惑的黄铜水龙头里华丽地流洒下来。"詹姆斯·西布里（James Sibley）在一九二三年写道："穿着夜礼服的小甜妞与穿着工装裤的小贩相偕而行，还有寡妇们，吃蛋糕的，赌钱的，初初步出闺房的小女郎，出租车司机，以及从世界各角落来的观光客，大伙龙蛇混杂地处在一起。咖啡、炸圈饼与罗曼史，全部只要一毛钱。"

（刊一九八六年美洲《中报》）

走路

　　能够走路，是世上最美之事。何处皆能去得，何样景致皆能明晰见得。当心中有些微烦闷，腹中有少许不化，放步去走，十分钟二十分钟，便渐有些抛去。若再往下而走，愈走愈到了另一境地，终至不惟心中烦闷已除，甚连美景一一奔来眼帘。若能自平地走到高山，自年轻走到年老，自东方走到西方，则是何等样的福分！其间看得的时代兴亡人事代谢可有多大的变化。

　　低头想事而走，岂不可惜？再重要的事，亦不应过度思虑，至少别在走路时闷着头去想。走路便该观看风景：路人的奔碌，墙头的垂花，巷子的曲歪，阳台的晒衣，风刮掉某人的帽子在地上滚跑，两辆车面对面的突然"轧"的一声煞住，全可是走路时的风景；更别说山上奇峰的耸立、雨后的野瀑、山腰槎出的虬树等原本恒存于各地的绝景。

人能生得两腿，不只为了从甲地赶往乙地，更是为了途中。

途中风景之佳与不佳，便道出了人命运之好与不好。好比张三一辈子皆看得好景，而李四一辈子皆在恶景中度过。人之境遇确有如此。你欲看得好风景，便需有选择这途中的自由。原本人皆有的，只是太多人为了钱或其他一些东西把这自由给交换掉了。

即此一点，我亦是近年才得知。虽我年轻时也爱多走胡走，却只是糊涂无意识的走；及近中年，虽已不愿将"途中"去换钱，却也是不经意撞上的。更有一点，横竖已没有换钱的筹码，亦不劳规划了，索性好好找些路景来下脚，就像找些新鲜蔬菜好好下饭一样。

倘人连路也不愿走，可知他有多高身段，有多高之傲慢。固然我人常说的"懒得走"似乎在于这一懒字，实则此懒字包含了多少的内心不情愿，而这隐蕴在内的长期不情愿，便是阻碍快乐之最最大病。

欲使这逐日加深的病消除，便该当下开步来走，走往欲去的佳处，走往欲去的美地；如不知何方为佳美，便说什么也去寻出问出空想出，而后走向它。

看官莫以为我提倡走路是强调其运动之好处，不是也。运动固于人有益，却何需我倡？又运动种类极多，备言走路之佳完全没必要。

言走路，是言其趣味，非为言其锻炼也。倘走路没趣，何必硬走。

我能莫名其妙走了那么多年路，乃它犹好玩也，非我有过人坚忍力也。我今走路，已是游艺，为了起床后出外逢撞新奇也，为了出外觅佳食也，为了出外探看可能错过的风景也。乃走路实是一天中做得最多、可能获乐最多、又几乎不能不做之一桩活动。除了睡觉及坐下，我都在走路。

走路此一游戏，亦不需玩伴；与打麻将、下棋、打球皆不同（虽我也爱有玩伴之戏）。一人独走，眼睛在忙，全不寂寞也。走路亦不受制于天光，白天黑夜各有千秋。有的城市白天太热太吵，夜行便是。

走路甚至不受制于气候。下雨天我更常为淋雨而出门。家虽有伞，实少取用。

放眼看去，何处不是走路的人？然又有多少是好好的在走路？有的低头弯背直往前奔，跌跌撞撞。有的东摇西晃像其踩地土不是受制自己而是在受制于风浪的危舟甲板。太多太多的年轻女孩其踢踩高跟鞋之不情愿，如同有无尽止的埋怨。前人说的"路上只两种人，一种为名，一种为利"，或正是指走相不怡不悦的路人。"浑浑噩噩"一词莫非最能言传大伙的走姿。

固然人的步姿亦不免得自父母的遗传，此由许多人的父母相参可见；然自己矢意要直腰开步，当亦能走出海阔天空的好步子。

我因脊椎弯曲，走路显得有点"长短脚"。而我发现此事，人都已经四十多岁了，心想，走路走了半辈子，居然从没感觉自己走姿不完美的那份辛苦，而且还那么肆无忌惮地狂走胡走。

有时见人体态生得匀整，走起路来极富韵律，又好看，又提步轻松，委实心生羡慕。心道，若他走路，可走几十里也不觉累啊，真好。

然则，这样的人未必常在行走。很可能常坐室内，很可能常坐车中。何可惜也。或说，造物何弄人也。

我一直在寻找适宜走路之城市。

中国今日的城市，皆未必宜于走路。太大的，不好走；太小的，没啥路好走。倒是乡下颇有好路走，桂林、阳朔之间的大埠，小山如笋，平地拔起，如大盆景，在你身边一桩桩流过，竟如移动之屏风。每行数十步，景致一变。每几分钟，已换过多少奇幻画面。而这样的佳路，人可以走上好几小时犹得不尽，还没提途中的樵夫只不过是点缀而已呢。

香港，太挤，走起来备是辛苦。

欧洲城市，当然最宜步行；虽然大多人仍借助于汽车或地铁，把走路降至最低。

京都西郊的岚山，自天龙寺至大觉寺，其间不但可经过野宫神社、常寂光寺、祇王寺、化野念佛寺等胜地，并且沿途村意田色时在眼帘，这五、七小时的闲荡，人怎么舍得不步行？

安徽的黄山，亦应缓缓步爬，尽可能不乘缆车。否则不惟略过太多佳景，更且因一转瞬已在峰顶，误以为好景大可以快速获得又快速瞻仰随后快速离去者也。此是人生最可叹惜之误解。

我因太没出息，终于只能走路。

常常不知哪儿可去、不知啥事可干、大有不可如何之日，嗳，天涯苍茫，我发现那当儿我皆在走路。

或许正因为有路可走，什么一筹莫展啦一事无成啦等等难堪，便自然显得不甚严重了。

不知是否因为坐不住家，故动不动就出门；出门了，接下来又如何呢？没什么一定得去之所，便只能一步步往前走路。有时选一大略方位而去，有时想一定点而去，但实在没有必需之要，抵那厢，往往待停不了多久，这么一来，又须继续再走，终弄到走烦了，方才回家。

处不良域所，我人能做的，只有走开。枯立候车，愈来愈不确定车是否来，不妨起步而走。在家中愈看原本的良人愈显出不良，亦只有走开。

走路，亦可令人渐渐远离原先的处境。走远了，往往予人异地的感觉。异地是走路的绝佳结果。若你自知恰巧生于不甚佳美的国家，居住在不甚优好的城乡，受学与工作于不甚满意的机关，交游与成家于不甚良品的人群，当更可体会异地之需要，当更有隐隐欲动、往外吸取佳气之不时望想。这就像小孩子为什么有时愈玩愈远、愈远愈险、愈险愈探、愈探愈心中起怕却禁不住直欲前走一般。走到了平日不大经过之地，常有采风观土的新奇之趣，教人眼睛一亮，教人心中原有的一径锁系顿时忽懈了。这是分神之大用。此种去至异地而达臻遗忘原有处境的功效,尚包括身骨松软了,眼光祥和了,肚子不胀气了,甚至大便的颜色也变得健康了。我常有这种感觉,在异地。

(刊二〇〇五年四月五日《中国时报·人间》)

烧饼

几乎想要说，若不是因为烧饼及其他三两样东西，我是可以住在外国的。

这说的是"黄桥烧饼"。圆形，皮沾芝麻，内裹葱花油酥。味道很近"蟹壳黄"，但没蟹壳黄那么酥腻，个子也比蟹壳黄略大而扁。

多半中国孩子皆熟悉这感觉：一口咬下，饱胀的芝麻在齿碾下迸焦裂脆，香气弥溢口涎，混嚼着葱花清冲气与层层面酥的油润软温，何等神仙完足。

寒冬蒙蒙之早点渴望，必也烧饼乎！它的香、脆、外酥内润，其色金黄，其形圆满，含葱如翠，若加上琼汁奶白的一碗豆浆，其非早点之神品！然又人人得而吃之，不论老小，不论皇帝叫化子。吃完了，落在盘里的芝麻，还用手指一粒粒沾起来吃，不肯弃。

老谚语："吃烧饼，赔唾沫。"不知是否喻"你还嫌呢！"。

烧饼，我几乎想说它是中国的"国点"。有啥东西能像它这样老人和小孩都爱吃的？它又是一件穷东西，真合中国这繁华的穷国家。看它的形体，圆的；看它的颜色，金黄的，不像白米饭如此纯白无杂味，太高洁了；也不像绿色蔬菜，太清素了；而红色果子太甜艳。它又不是非得在桌上吃的食物，可揣在怀里走长程，南船北马，饿了，取出冷吃，也真好。

而烧饼之最最中国，在它的半南不北，既南且北。不像羊肉的土漠之北、油茶的瘴疠西南，那种地域风色鲜明。烧饼实是最宜之南北小吃。

又联想起，烧饼之最中国，便如枣树之最中国。以前要定梅花为国花，这样高洁意蕴的花做全国普民的国花，实大可不必。至若松树做中国的国树，固然苍劲质朴，然日本也多，也极懂品赏珍惜松姿，韩国也是。又日韩皆是偏北寒国，中国纬度绵长，枣树则北南皆有，树姿稀秀，并不自诩高贵，处处皆有，坟岗也长。果实累多，养人无数。最要者，它有一袭清淡的美，群体的美，平民化的美。

这是题外，再说回烧饼。

现在烧饼摊少了。五六年前在永和竹林路四十四巷口卖的烧饼，碱放得太多，饼皮都微微泛青。然三十多年前竹林路口（更近永和路）的烧饼曾是多么兴旺。不过最好吃的，却是七十年代中期开在对面（单数号码）巷口（三十九巷之类），只卖下午的那摊。不知几十年来这几家相近铺子互有关联否？

金山南路一段一五三巷（"阿才的店"巷子）巷口的烧饼摊，如今不做了。原来是一老头，做的饼极好，八十年代到九十年代中在此，更早几十年在"陆军供应司令部"（中正纪念堂前身）外头卖，再迁来此处，前几年老头没看见了，换成两个年轻人做，如今全不见了。

还开着的抚远街三三九号（近日向前移了几公尺）的早点铺，前几年做烧饼的老头，江苏阜宁人，所制烧饼极好，还包着些许姜末，除了酥、脆、松、润外，另有微微的辛冲气，特别提劲。据说这老头回大陆去了。现在做的是年轻人，味道嘛——对付着吃吧。

也不过几年工夫，台北的烧饼景竟有恁大变化。

当然我经过济南路五十九之一号的豆浆店，经过光复南路四一九巷一一〇号那家早点店，甚至我家附近师大路近罗斯福路的"永和豆浆"，仍会买几个蟹壳黄吃。

烧饼之式微，在于老人的凋零。烧饼之式微，也在于社会之富裕：做烧饼是一桩苦差使，伸手进泥炉，一块块往火热壁上贴，整个台湾几人愿做？

黄桥，属江苏泰兴县，在扬州以东、江阴以北，不知是怎样一个所在，竟以烧饼驰名？相信扬名之地必是南京、上海这类通都大邑，而不是本方本土一如嘉兴南湖水菱外人必须至当地方能买得。抑是说，大都市的烧饼铺许多是由黄桥人起开的，一如温州馄饨？

近读盐城人沈琢之（沈亚东）文集，沈于民十八（一九二九）任泰兴县公安局黄桥第一分局长，书中所忆，虽不及烧饼，然叙黄桥面积之广阔、市井之富庶、旅社之华丽、澡堂之宏敞等，堪称甲于全江苏省；至若饮食，沈氏只提二事：一、此地嗜吃河豚。二、黄桥之醋极佳，沈谓"远非人所称道之镇江醋所可及。即山西陈醋，亦不是过也"。

扬州大少爷，镇江小老板；这两地近代以精丽吃食名，然江北又散逸着粗放的田农生计，似这种兼粗兼细的城乡之间，不免产生有趣之吃。好多年前读仪征包明叔《抗日时期东南敌后》书中引谚"穷宜陵、富丁沟、小小樊川赛扬州"，他日若游苏北，这丁沟、樊川、扬州倒是很想一去。

六十年代胡耐安《逊园杂忆》书中有《王桥烧饼》一文，这"王桥"是在南京，民国二十一年至二十五年间，位于国府路靠近东方中学。这烧饼的味道，胡氏盛赞不在话下，但最有趣者，是它的贵。一角钱买两枚。若是夹火腿为肴，则一角五分钱一枚。以抗战前物价言，一斤猪肉不过两角，上夫子庙"六朝居"喝早茶，不过三角钱。可见六十年前就有商家懂得把平民化的东西因手艺佳良而高价贩售。

一九九七年中秋在玄武湖舟上赏月，次日匆匆在南京稍作游览，竟忘了考察烧饼。整个江苏省理应有很多烧饼店才是，得俟以另日，不知值得各城各镇地来它一趟烧饼之旅否？

(刊一九九九年《中国时报·人间》)

回家

每天虽没啥屁事，但必定会出门，且出外出到必至半夜才返家。单单想及这里，已自己觉得好笑。究竟怎么弄成这样一套过日子形态呢？噫，的是荒唐。

故我每日回家，有一种"回家"的扎实感觉。我喜欢这种感觉。我甚至珍惜这样的感受；也就是说，若我回家太早，如八点钟，便不叫"回家"，乃我太有可能不久又被朋友召出去或被自己的玩心再次拉着出发。

然近三五年我常忘了这"回家"的感受。或许我皆在家近处活动，即使走路来、走路去大半天下来也走上了五公里或八公里，但因为心中洞然家其实就在不远之处，便因如此，即使到了一天结束时走回家去，竟然不大像"回家"。

这几个月，我又想起了这件事。想起了回家这个心中兴奋的好感觉。怎么想起的呢？

我每次自南部或中部回到台北，下了火车，便不自禁加快脚步，一点时间也不愿浪费，冲着去搭捷运，为了一件一点也不紧要的事，回家。

但不知为何，它令我百般兴奋。同时，它以一种情态表现出来，便是我才下了捷运，已微微有想大便的感觉。然后自捷运站走往家的路上，更是愈来愈有便意，几乎都像是迫不及待如同要拉肚子似的。

当然，接着的十五分钟或四十分钟，便是极专注又极必定在做的事，开门，脱鞋脱裤坐马桶，冲水，开窗；接着打开背包，拿出在外所用的物事，然后倒一杯水什么的，便这么像是总算已到了家里。

即便是当日往返，自中部返北，亦令我抵家前产生便意。

于是，这想大便的感觉，使我想到了今天这篇《回家》的题目。

有时在台北，晚上接近家门，亦有这种感觉。可见未必要出远门方能达臻此效果。但是长距离与丰富的行程更可获得想大便的可能。

自外国回来，抵桃园机场，一出机门，我亦是快步前行，往往到了缴证的关口，竟是最先的几人之一。桃园机场的海关是全世界验证盖章最快的关口，我从来很少超过三十秒的。接着是领行李。再接着，是乘"国光号"。这一切流程，于我皆习常之极，我几乎要说桃园机场是回台最舒畅的一处地方。而"国光号"上偶放的某一两首国语庸俗流行歌曲，竟然如此醉人。抵台北车站，坐出租车，七八分钟后，回到家。行李才放下，第一件事，大便。

长途旅程后的回家，最能获得便意。

即使在台北，若是一天在外的时间颇长，办了好些事，经过了这城市好多不同区块，遇了好几撮人，最好还完成些文思的事，如看了好几页书或是写完一篇小稿，在那么多丰盈事体之后，心情满有些高昂下回往家门，常常会有便意。

故而我发现，人应该一天多做些令自己丰足并遂心之事，然后在一天收束时享受回家的美乐感受。大便或不大便，只是一项表征而已。

我们没有快快乐乐地回家，代表我们没有好好地出了这一趟门。我们很快就回家，也或许是我们这个城市不值得让人待得久，或我们的朋友都不见了吗？

（刊二〇〇八年三月十四日《联合副刊》）

疯迷

　　年轻时着魔的事物很多。初中时多少人迷篮球，可以一个暑假整整两个月每天自中午打到将近八点，不理会烈日的灼肤，没想过无数杯红茶是否来自生水，不在乎频频手指吃萝卜干有什么大不了。高中时，有人迷上了打拳，连步拳、功力拳、六合拳、十路潭腿先打底子，再练太极、八卦以及刀剑棍法，弄到临大考时，多见一手捧书，犹一面俯身压腿者，或是兴起踢他一个旋风腿。武艺，一种中国自来的熏习，小孩子不知从哪里片简零星地接收进入他的知解领域。那时候，李小龙电影还没出现。

也有人迷上了吉他，与习拳者搜找拳谱一样到处寻觅曲谱，买不到的还去借来抄。最疯的时候，有人从起床后到睡觉前，全在弹。甚至太舍不得放下它，连坐马桶也要抱着吉他进去。

这类的疯迷事体极多，在六十年代。一个老友到"新南阳"戏院看二轮的《田园心声》(*Your Cheating Heart*，乔治·汉弥尔顿饰演乡村歌王汉克·威廉姆斯的故事)，从早上第一场进去，看到晚上十一点出来。以前听他讲这往事时没想到问吃饭的问题。当然，吃饭不该成为问题，多半一如老年代的惯例，没吃。

迷上围棋的，迷上麻将的，迷上撞球的，多的是几千个小时埋头在上面，昏天暗地，不知有汉。

疯迷，主要疯迷于游艺，那时候不大见有人疯迷于读书。倘有读书而废寝忘食，那是看闲书，如武侠小说。

疯迷于游艺，看来是起始于幼年与迷童三五日日嬉戏追逐、捉塘鱼丢田泥、玩弹珠打圆牌。至少我是如此。我现在不大有小时吃饭的印象，因为全心在玩，被叫回家吃饭，心还在外面。废寝不至于，忘食是必然的。

一天又一天的在田间奔跑叫闹，一场又一场的斗牛赛球，这么的意志与体力完全集中耗放，或许激发脑中某种质素之分泌，如同吗啡一般，使得孩子的精神颇获慰足。

不知今日的孩子奔跳足够否？一心玩闹埋头新趣不受空间与吃饭之限能致淋漓满足否？

人近中年，回想孩提时疯冲狂窜筋疲力竭种种，略得二事。一是如今精神平定，不懂得郁闷低回，自怨自叹。一是易于浮动，不懂得谨守岗位；譬以看书，遇窗外有个风吹草动，便顺势弃守书案，穿鞋往外而奔。

观察同侪，亦略见二类。年少时多擅玩泥踢水，无事找事亦成趣者，成家后逗玩小孩滚爬哄趣较能花样繁多，并且自己也在乐中。年少时笃静专志者，及长较倾向于工作忙碌、生活规律，每一事皆不敢投注太多时间，包括与家人小孩。遇闲暇，出门旅游或月下饮酒，皆浅尝即止。

前者往往选一轻松传统工作，未必十分卖力，有时在办公室也泡起茶来，闲闲而品。后者在办公室永远匆匆紧紧，心中隐然有不甘于一事无成之想。

两者感知宇宙给予他们的讯息是如此不同。

什么东西令我今日疯迷？围棋吗？不是。麻将吗？少打了。两项皆赖久坐，而今最不耐久坐。打球吗？不打。体力不继固是，懒方是真正原因。唱片少听，主要是胸中景况不汹涌，外在音符亦难鸣击也。遑论如少时一遍接一遍反复聆听之疯迷。

只有一事做得最多，荡步胡游。这里走走，那里逛逛，全不管回家的时间。随走随看，未必是寻幽探胜，大街小巷，店廊堤防，皆穿走经过。若开车，常不忙着找定点停下，施施然不知奔往何处。渴了，咖啡店坐一下，却一坐一个下午。见书店，进去探看，却一看四五小时。偶去到国外，山也游了水也玩了，竟还不打道回府，停伫在那厢，盘桓张望，不究前途，也不回顾来路。偶抬头，只见暮霭苍茫，油然一股客愁，才悔悟该回家了。

然这荡步胡游也算一种疯迷吗？或许也是。

一事无成，何其高世之况。光景流过，而人只是捞几尾鱼，打一担柴，走过来，走过去。衷心羡慕这一事无成；然而见暮霭而仍想到归家，大约离这境界还很远呢。

刊一九九九年七月十五日《中国时报·人间》

台北女子之不嫁

　　我坐在咖啡馆里，常常发现不少熟面孔，时间久了，仍然不认识他们，但他们的行为习惯却逐渐看熟了。

　　其中不少是女士。她们穿着颇富时代感，却不故作新潮；有的长相漂亮，却不刻意张扬她的艳丽一如明星或模特儿；她们中不少人抽烟，似乎是很能享受光阴在烟气缭绕之际悬浮出的空档，特别是当她读了一阵面前的翻译小说后。咖啡馆进门处放的《破周报》与艺文讯息她们并不陌生，却不必每次进店取看。自她们的背包、背包带上挂的附饰、选买的手机等用物或可度测其人生取向，以及其人生的迷茫处；而她接听手机的内容，也约略透出她在这都市中的文化层面，例如她听一些王菲看很多日剧也看不少艺术电影，而口头禅中也偶尔带一两个无伤大雅的脏字，以求达臻对某些社会人世情态发作她个人意见之酣畅。她们皆很有自我，但当三四人相聚也并不至抢着发言，称得上颇融入人群。她们确实很安于在此社会中，即使有时独自一人对着电脑凝神。

她们皆可以有男朋友，也多半有，但不怎么同坐在这家咖啡店。有时男朋友来了，也坐在她旁边或她的女友、同学之间，却仍不怎么见出这男士于她的任何主导性。反正，他只是称谓上叫做"男朋友"。能在这称谓上待多长久，看他的造化。

这样的女孩子，十年前即已极多，率性洒落、自在自主；事实上台湾一向多的是这样的好命女权女性。而十年后，咖啡馆依然见到她们，依然年轻，二十五岁的如今只是三十五岁；依然更世故率性了，三十岁的如今四十岁了。她们仍然没结婚。

这样的女子，台北极多。咖啡馆只是最粗略的一个观看站；捷运车厢、办公室、报社出版社的编辑部、广告公司的企划部、唱片公司的宣传、小剧场、独立制片的……更是无所不见。她们愈不需服膺绝对的价值，就愈有更大的可能不必结婚。倒不是她们长得不甚漂亮以致没嫁成；事实上相貌平庸的往往最早结成婚，且去菜场一逛便知，而林青霞则嫁人嫁得多晚。而菜场妇女与林青霞皆正好不是此处讨论"不嫁的女子"的主客观现状，她们两者皆犹在传统的范畴内，犹颇单纯，一如大陆中型以下城乡妇女之情况。

今日台北女子则早已太过自由、太过天宽地阔，以致不免迷茫。且看那些太过小家碧玉的娇弱小女，要以妈妈看女婿的眼光来找男朋友的，当然不是这里说的范围。而大家族大财团之儿女联姻，亦不是。比较不囿于社会条件（无阶级、无贫富悬殊，这一层之民最属大宗）的自由之众方有人海茫茫之叹。

也于是念了大学的，已可能不利于早结成婚；念了研究所，更增困难；出国再念两年书的，更难。读过现代小说，看过几百部艺术电影，加深了心灵世界的天地后，对于一加一等于二的现实世界显然呈现不同的计较。

以上泛泛地说了一个通象，实则每一个体有其独特例子；而其最本质的课题终究是：男主角在哪里？

女子的视野越开阔，则台北的好男孩愈发显得模糊。而与甲女最冤家相逢的乙男尚未出现前，她的心中其实很笃定地知道她不忙着找次档的。乃她对自己很自知。她会说："拜托，他是那种会为了五块钱而改订另一份报纸的人，别闹了。"而她心中仰慕的社会贤俊，真也只是仰慕，未必妄想有朝一日他离了婚我便以身相许。台北的文明状态原就很好。看官若在许多公司行号曾经看过不少女职员望看她主管的眼神，当可知悉我所谓的这种仰慕。

亦有感到实在年岁渐大、光阴不待的女子，看看找不到良人了，但说什么也要趁生理犹允许之时怀孕生小孩，便借种生子，好歹也至少令自己做得成妈妈，发作得成对儿女的深深母爱。这样的没有父亲之小家庭近日颇多，亦颇和乐。朋友间见到这小孩，更是特别与他讲话与他玩，逗他哄他，算是善尽自己的社会责任。更有趣的，通常这样的小孩——男孩或女孩，尤其是女孩——皆极会讲话，甚至用词的语气比电视剧中的还更有表情。可知妈妈对他的呵护之深。

文化水平较高、自主之念较多、都会生活浸润较丰的女性，即使后来结成婚了，其实和丈夫也是各管各的生活、工作。往往忙的时候互相碰不在一起，闲的时候也各找各的哥儿们、姊妹淘谈心玩乐；周末丈夫打电话给她，她说："我正和 Peggy、Rita、心怡她们在喝红酒、抽大麻，嗯——大概总要弄到天亮吧。"她们的状态，其实和婚前一般自由。而她们的独力面对人生与时而有的亘古寂寞，也并不因家中多了个男人而有何不同。深夜回家照样叫无线电出租车，照样不烦劳丈夫来接。

台北的父母只要更开明（不时时刺探儿女，不夜夜在家等门），社会更宽容（原已极宽怀，即同性恋在台湾便最自在不受歧视），精神文明更富足（令年轻人自小便可在太多场域徜徉其心灵而不需像五十年前祖母要忙着帮人洗衣服补贴家用或汲汲于组织家庭之迫切也）等，则不管女子美不美，她皆有更大可能结不成婚。此为自由予人之飘忽也。时势使然。如此一来，台北应该是愈发进步了，的确也是；然而文明的后遗症有时硬是有其荒谬性，除非改变文明的现状；故有些女子最终近乎只能与外国人论及婚嫁，甚而有嫁到北京或成都的，也皆成了，亦常圆满。倘她们仍坐在咖啡馆，日复一日享受着也耗使着无尽的社会一径释给的自在，或许她们仍会是那么的可爱有风格，那么的是她们姊妹淘最好的同伴，那么的是台北怡然有致之城市佳景，却又不免略显哀愁的教人担心下一个十年仍会在咖啡馆瞥见她们孤单的身影。

(刊二〇〇三年九月号《印刻文学生活志》)

作者注：今日这类女子怕是更多了。

北京一日

　　早上十点，在附近施工打桩声中朦胧醒来。茶房来敲门，言我所付房费只到今日，问还住否；回以续住数日，随即再缴五日房钱，六百元。此是外国留学生宿舍，我蒙教授介绍来此，可按一日一百二十元人民币入住收费，算是便宜，惟浴厕公用，床单亦不每日换洗，我图省钱，安之如素。

　　饱游了北地山川，太行山、五台山、恒山、燕山之后回抵北京，很想过一天北京的小日子，哪儿也不特别去，只是信步胡游。此处为王府井,最是热闹,在老店"馄饨侯"(东安门大街十一号)吃了一碗鲜肉馄饨,两个黄桥烧饼,六元五角,真平民化,难怪座无虚席。

劳动人民文化宫,原为昔年太庙,观光客对它还看不上眼,我去本为看人早上打拳,乃东单、西单所夹的胡同里的老练家子或会聚此,然已近中午,打拳者想早散了。不想一进门,正逢着"'99北京书市",人山人海,各出版社皆有摊位,有人喊着"一块钱一本!",恰看到中国电影出版社在甩卖《卓别林的一生》(乔治·萨杜著),正是一本二元。一排排一列列的书摊棚子旁,各有几个卖"盒饭"的,十元,任选四样菜,由铝筒里打进你的保丽龙盒,吃的人也多,四处座上、树下皆是手捧一盒在吃,有如园游会。

穿过天安门,到西面的中山公园,三十年代最受北京文人学者所频提,说什么在北京最好的莫过是到公园,进公园最好的莫过是喝茶。当时最有名的茶座是"来今雨轩"，如今仍在，却已改成饭庄，也迁置在西边。我四处张望，不见有茶座，便问饭庄服务人员，"这儿能喝茶吗？""要喝茶？我给您问问去。"便到外头一叫，来了一个人，对着我打量一下，道："茶座天冷收起来了，要不您在这儿喝成吗？"他指出廊道边的平板栏杆。我说行。他取来一副盖碗及一个热水瓶，我便自斟自喝了起来。几分钟后，我发现整个庭院只有我一人，安静极了（此时近三点，饭庄工作人员皆各自休息去了），对着两株海棠，一地的落叶及三两颗果子，慢慢喝着茶。想到适才所见多株巨大的古柏，不禁要叹赞北京有二物最幸福，麻雀与老人；他们都在天一亮便奔赴至最优珍的栖落：古树丛里，特别是古柏，尤以天坛最多最大，气最养人。

因路近，便到北京站预先买下赴济南的火车票，价七十三元，五个半小时行程。此为今日惟一正事。

乘车至三里屯的"酒吧一条街"。街西有整排的外销成衣摊肆，衣多设计新颖者，Polyester 与棉混纺之御冬夹克与 pull-on（又如毛衣又如软轻夹克的拉链拉至下巴之高领运动便装）又多又富变化。逛客中北京人与西洋男女俱多，相较下，北京仕女显得更炫更会打扮，而洋人反显得土气不讲求。

在街东一家酒吧坐下，叫了一杯咖啡。有人提了小包包自外走进，到我桌前取出一叠不带外壳，只以玻璃纸包覆盘片及说明纸的 CD，问："要买盘吗？"我一边翻看，边听他们交谈口音特殊，询之，说是来自安徽巢湖。竟千里迢迢至此打工，亦不易也。

见路上不少人理光头。显然是一种发型。尤以青年炫帅者及壮年艺创者（演员、歌手，或文人、艺术家等）为多。此在几年前犹不多见。此次的北京，人们早知以昔年北方原有形式再出以新意为之，不失见地，可喜。

买了包新出的"中南海"香烟，较一般大陆烟为淡，说是与日本合作，Mild Seven 口味，四元，竟比"红塔山"

类云烟便宜。

街头随处见小店卖陶罐装的酸奶，旅行在外，常提醒自己不忘摄食。北京的酸奶牌子不少，皆调制甚好，即塑胶杯 KRAFT 牌的亦佳，这方面台湾各厂的"优格"显得奶酪文化差些。

出门在外，梨子（鸭梨及新疆蜜梨）、枣子、山楂（他们称"红果"）皆特意买些摄取，然不可多，即每样半斤，带回店房常吃不完。

盘桓日久，维他命丸早已吃完，只好尽量吃饭时多点粗粮，小米粥、玉米贴饼子、高粱米粥、莜面窝窝这类带糠带皮壳之物，自山西已如此。

在东单有摊子卖带壳的松子，分干炒及油炒两种，一斤十六元，较香山的八元贵了一倍。

走过首都剧场，正演老舍的《茶馆》，林兆华导演，门前几拨人兜售戏票，声音喧哗，想是讲价还价。

穿经隆福寺街，这里亦有"中国书店"支店，今日不敢再逛，以免专注出不来。见影院正映张艺谋的《我的父亲母亲》。

华灯初上，进了一家清真店，叫了碗"羊蝎子"，实是羊的脊椎骨及其旁的肉，再一个芝麻酱烧饼，已甚饱足。这里已是美术馆东街，索性向北走几步，到三联书店的二楼网络咖啡店，叫了一杯爪哇咖啡，十五元，居然是虹吸式烧法。

如今北京咖啡馆多了，人在这城市看书、闲坐、写稿，或约人谈事，已颇具沙龙气候。

打开笔记本，看着有多日在途中未加记录，匆匆奔道，十多天恍惚过去，衣裤亦未洗涤，但也不想去管，且自搁下一边。咖啡喝完，又叫了一杯绿茶，坐着喝茶，永远嫌喝不够。时近打烊，我也打了好几个呵欠，应该荡回家好好睡个觉了。

（刊一九九九年十一月四日《中国时报·人间》

不禁远忆

时日隔久了，地域隔远了，有时反只想起某事的琐节之趣之美而淡忘了它主旨的形格势禁。

我有这个毛病。或许我奔来走去，总把地方弄远；而无一事停驻很长，总像令年月相距颇久。

若问我现在最怀念什么，我会说，最忆当兵。每天跟着规定做，皆必有可做之事，什么事，不重要；不停地做，才重要。天一亮便起来，晚上准时睡觉，每一天都见得着日与夜。每一天都是——一——天。虽然天天皆很像，皆同样是没有可以写下的日记。

　　每个白天都在流汗，即使不是酷暑，每个夜晚都需盖棉被，即使是酷暑。人一径待在野外。寓目的都是树、是草、是土岗，是荒莽，耳听的是植物摩擦声、鸟声、虫声，有时还有风声；没想它是什么鸟语草鸣，只纯是声响。看不到什么报纸，听不到什么电视声。睡觉多打鼾，邻床打得愈响，你愈睡得熟。而睡眠成为常态又当然的享受后，往往连白天任一空隙不禁随时随地睡着，且深熟流涎，譬似有睡到即如有偷到一样愉乐。从来接不到电话，也忘了有这件东西。也忘了有书这回事。太多事是忘抛了的。口袋里不必放东西；没有钥匙，没有卡片，甚至也可以不放钱。有的，只是你这个人。你似负有很重责职（口诵的军歌、手持的兵器、肩上的阶级、被训知的主义），实则你不自我拥有，各物忘抛，何等的轻松无忧。

　　凡坐下，常坐石块或草地，没考虑裤子会否脏。凡大便，皆与同袍共蹲，不必想羞掩礼遮，而屁股常受和风吹拂。由于每一刻皆排得紧密，当忽然静定下来，竟是那么的完满空无，瞥见墙上的壁虎会盯着看。偶涉眼的一段书报会专注异常，每一字句竟有特殊领会。而熨一件衬衫会何等的慢条斯理、一趟来一趟去地反覆熨，熨至至贴。须知当兵时擦皮鞋会擦得极亮，且是没天没地地埋头在擦，像是服药后的 high。也像是一种六神无主，而又是六神只守一主。

休假出营，顿觉外间世界是如此新奇，每样事物皆极耐驻足，皆极可欣赏。登上"国光号"自南部返台北，车行如此宁静，教人有想不完的事可以构想、奇想、远想，窗外风景如此新喜如此清美，像是不曾见过它们如此存在过。而四五小时后车抵台北，你原本归心似箭，此刻竟要怪它何以驶得这样急快。

这或许是太久远的事情了。这一段的久远，恰好是时代的质地也有大规模的变动。眼下忆起的当兵，往往是身体反应激强的一面；凡喝水，都像是渴极了之后在喝。凡吃饭，皆像是饿了几天几夜。并且每顿菜肴，皆非自己预知者：他喂你什么，你就吃什么。他是谁？他，一袭当年令你颇受格禁、百般逃避的象征集合而今日时逝境迁人事远隔后全然已不理会其厌恶的模糊气团矣。

（刊二〇〇〇年一月二十日《中国时报·人间》）

台湾人的包包

　　咖啡馆窗外急乎乎地跑过一个女孩，啪的一下掉了包包，里头东西滚了一地。坐在靠窗那三桌的几个客人盯着那一地的原本隐藏于暗黑之中的私人物品，眼神中满是惊奇。或许是：这个包包竟可以装得下这么多东西。也或许是：她居然如此有创意，会把漫画、小型玩具布熊、小包米果等也塞在除了原就必须放的钱包、证件、钥匙、手机、口红、太阳眼镜、矿泉水、小包纸巾等以外极为拥挤的空间里！

如今，许多人真还不能不带着一个包包。因为这包包能供给他太多的自我，或太多的梦。譬似朋友甲近日迷上了牛角，出门皆带着它，一坐定，便自包包中取出，这里刮刮，那里摩摩。时而刮着头皮，旁边的人登时感到不适；又时而翻起赤脚，在脚上戳压，更是教旁人啼笑皆非。

至若某乙，包包中常有两颗核桃，用来在手掌中盘玩，活络指腕的筋肉，如同练功的器械。

这类养生保健之物，尚有一些瓶瓶罐罐。像有人在包包里总备有一两瓶科学中药，如六味地黄丸（用以滋阴）啦，如乌贝散（用以治胃酸逆流）啦。他如维他命 B 啦、阿司匹林啦、青汁（蔬菜粉）啦、酵素啦、Wakamoto 啦等等，利于随时开启服用，早受人习于置包包中。

环保筷，亦是重点。为了这双筷子，必须准备一包包。主要在台湾，外食很频。对付外食，需备筷子外，尚有卫生纸，因要擦擦弄弄的。水亦其一，因吃完腻物要漱漱荡荡的。

另有饭后圣品，如口香糖，可以嚼嚼咬咬，排解无聊什么的。如酸梅、山楂片、八仙果等解腻物，亦如零食，甚至是茶食，便因有矿泉水，诸多小食皆能围绕水而得以畅顺入口。

适才提到的养生，实则太多人为了贯彻行走中养生，包包中常置山药粉、薏仁粉，以便随时服食，和胃健脾。更有茹素者或生机摄食者，总带着枸杞子、葡萄干、坚果（核桃仁、杏仁、榛子、葵瓜子、南瓜子、松子），不时嚼吃。

血糖偏低者，则备些糖果或巧克力。

有一朋友，爱在包中放杠子头，主要爱其坚硬有嚼趣，也以之止饥，同时实践少吃多餐。

吃完了，有人自包包中取出牙签，剔起牙缝来，这时，快乐似神仙。后来牙线棒发明了，更周备矣，剔得一干二净。近年美国更有 Brushpicks，是一种带三支刷毛的牙签，清牙缝更干净了。

包包本适合用来装工具。爱喝红酒的，在包中不忘备开瓶器。有些喜欢设计的，总带着皮尺，这里量量，那里丈丈。喜欢随时记录的，带个数字相机。电话打得多的，手机充电器也必带着。有人爱带着指甲剪，大约不能忍受指甲稍稍长长。

据说治安不是太好的时节或地区，瓦斯喷枪也受人搁放在包包里。

精神食粮亦是要物。有人常放一本英文字典，想到什么便翻查一下。翻译机亦同此功能。

不少人在公车或捷运上，对着一本佛经埋首专神，有时还手数佛珠。当此一刻，这几页经文最是教人定心。

近时亦有人在包包中带着文学书的，似备在咖啡馆或火车上读用的。往往是长篇小说，又往往是翻译的，像宫部美幸的《模仿犯》这种大部头亦有。由此更见台湾缺长篇小说，或说缺长篇小说家。

　　窃想，六十、七十年代，大伙的包包不放太多东西，甚至连包包亦没有，亦不可能有前述的那一类新式东西。近时的包包中既万物齐备，则台湾人像是时时都在浪途，常常皆在客地，必须常自行囊中取出东西来消使。此真好现象也，台湾人可不用凡事皆只在家中享受矣。譬似异地亦可为家。至若喜爱长处道途或乐意在外间停顿久长些，俱是现代优良百姓一桩好修行耶！

　　　　　　　　（刊二〇〇八年十一月十一日《联合报》）

再谈北方山水

在荒旷处找山水，是为游赏北方山水之宜。北境地土迢辽，行路多赖车马，不靠舟楫。明人袁小修《游居柿录》中所记种种纵一苇之所如，随荡随泊，以舟作屋，则是"南船"之玩法了。今人游武夷山，以小舟慢划九曲溪，抬头转脖张口盯看奇景罗列，与时更换天然屏风，可谓目不暇给之极例；好则好矣，却有一点满桌山珍海味要在一顿饭里吃完之憾。

过于紧密的经验，即使绝佳，令人往往刻记不住。

逃难中一碗绿豆稀饭常更久存念中。

唐人张文成小说《游仙窟》，场景在今甘肃近青海的积石山，黄河走经。今天游人学者会去的"炳灵寺石窟"，周围形势，当得仿佛。只是今人多以快艇疾行于刘家峡水库，波涛激溅下抵达，这种自海上望见陡崖石刻，备感惊奇，然途程也忒便捷了些。《游仙窟》开卷谓"嗟命运之迍邅，叹乡关之眇邈……日晚途遥，马疲人乏……向上则有青壁万寻，直下则有碧潭千仞"，显然是风尘仆仆的陆路荒行后所见。

积石山在兰州西南，往河西走廊、往丝路而去的游人，常因径奔西北而略过不去。今日群山荒凉，却又水深岩峭，洵是千秋奇景。山后有山，正发人无限遥想也。

在荒旷空枯上行旅，常能获得一袭渐近绝景前的隔，如张文成所谓"张骞古迹，十万里之波涛；伯禹遗踪，二千年之坂墱"。而日晚途遥，常是感怀奇景的微妙时刻。

长程跋涉，步步攀爬，到了高处，最是令人各念俱涌，甚至慷慨欲悲，陈子昂的"念天地之悠悠，独怆然而涕下"是。

然要有天地悠悠之感，风景应不宜过于灿丽。最好不要"如入山阴道上"。

西安是游人多去之城，外地观光客在三五天内遍游了兵马俑、华清池、法门寺及城内大小雁塔、清真寺、碑林等，不知何所收得？

其实关中山水多有可流连者。

于右任二十年代初所写诗中，多记耀县五台山（即药王山。山有五台，曰端应台、起云台、升仙台、显云台、齐天台）及淳化县的方里镇等处游踪，看来是当地人眼界里的"自家山水"，或许值得一探。于右任是陕西三原人，距西安北边一小时车程，陇海铁路通车后，主干不经，益增其幽也说不定。更北的耀县及淳化，自然不易有外方游客。

北京西郊亦多名山，昔人好称"西山八大处"，今日不甚显名，游人只知去八达岭长城。西山之胜，在平淡、在不远、在不高，也在攀登。不攀登，不得感受其简淡中多致之胜。两年前在上海福佑路古董地摊见一叠二十年代商务印书馆出版的大开本摄影风景，其中一本《西山》，风景多见奇石虬松，天成布列，如户外大园林，阅后颇心羡之。当时逛得匆匆，不暇思及购买，想来可惜。

清人龚自珍《说京师翠微山》一文,讲这座西郊名山，"不居正北居西北，为伞盖不为枕障也。……不孤巘，近人情也。……与西山亦离亦合，不欲为主峰，又耻附西山也。……名之曰翠微，亦典雅，亦谐于俗，不以僻俭名其平生也。"想来这山是不错的。山要谐俗，中国山原本都做得到；只是文人把它写高写清了，仙人将之修真炼异了，鹤猿将之飞绝栖灵了。看来翠微山端的是北京好后山，骆驼祥子的远亲还许能住在那儿，曹雪芹的脚迹还许犹留在那儿，今日老百姓仍还得随意爬爬，却又没有北京城内名胜随时听到的啰唣，的是郊游的佳处。

北京出城，一片平阔，朗朗荡荡，眼前看不出今天有登山之象，一小时后，山势绵绵现出，心思鼓动。多年来常在各处浪途中有这样难以言说的感受，荒枯路途，随眼见山、百念杂闪，这里借着北方山水题目将它记下。

(刊一九九九年九月二日《中国时报·人间》)

美国旅行与旧车天堂

旅行美国，最好玩的不是城市，是路途。赏玩路途最好的方法，不是火车；因停靠不能随兴、路线死板、价钱昂贵，以及最主要的，车窗玻璃老化扭曲，模糊到飞逝流景也看不清。昔年的铁路大国竟有窘状如此。

以汽车驰游公路，才是好的玩法。这又分几种：

巴士——原是最正宗的长途玩法。因它车稳身高，可极目四望，心旷神怡，常不自禁悠然远想。且不自掌方向盘，心思无须专注于车行。然而这二十年的灰狗及 Trailways 两家巴士已不合于此处说的游法，最主要的是它们走州际（interstate）公路，看不到幽景。除非乘坐像"绿龟"（Green Tortoise）这类嬉皮巴士，由西岸到东岸。五千公里路途灰狗三天开到，它则要七到十天。中途选景点停下埋锅造饭，乘客分工。饭后或游泳河滨或沐浴温泉。继而登程一段。夜晚或宿野地或睡车上（乘客早自备妥睡袋）。便这样每天走走停停地驶抵终点。

"绿龟"在八十年代中期已然萎缩，班次不多，并需电话预订，如今是否还有，我不知道。六七十年代这类嬉皮巴士尚值高峰，许多州城皆有，据说上车时有的还会分发大麻，令你可臻名副其实的 tripping（幻游）。那时车上的摇滚乐配和着窗外的远山，一切是那么的美，那么的柔慢；大伙的交谈，是那么的富有哲理；甚至邻座递过来的饼干或巧克力，也是那么的香甜。

这类嬉皮巴士，全用的是旧车；机关单位打下来的，老旧校车打下来的等等，极其便宜。故开得很慢（以免过度驱策），时常停歇（以免因适才爬山而致过热），并且多半采走传统公路及乡道（一为风景，一为节省过桥费）。

停的点选有河湾或温泉者，为了可以嬉戏外，有人或可钓鱼以充待会儿的食物，也为了一举解决这几天的洗澡问题。有些停点是因有"农民市场"（farmer's market）或果园，可以廉价采购果菜。至于埋锅所造出的饭菜，要吃者事先登记，每人一两块钱。据说味道还不错，比小镇的简餐要略胜。并且便宜。吃些什么？西部牛仔菜之改良版。也就是有点墨西哥豆泥、有点煎香肠、牛油青豆搅炒米饭、粗犷式色拉、什菜大汤等。在野地上多人围食，老实说，应是蛮好吃的。

真正的横跨美国、无止境的东南西北遨游，则必须自己开车。惟有开着自己的车，适才错过的奇景，才能掉头去看。极其偏僻却又极珍贵的节庆、风俗，甚至只是古老的赶集，才能柳暗花明地抵达看到。更别说长途驱车后受星光、虫声等天成气氛长时笼罩下所凝生出的一股孤独却又静好的自我感，是火车、巴士、飞机等交通工具皆无法得臻的。

当然，长时间（一个月，半年）的独驶一车，随处停歇，也是最能消散原先精神上之专注，其实是一剂治疗良方。它也有一麻烦，便是假若迷上了这种漂泊不定的生涯，往往回返不了正轨的体制。

外地人下了飞机，想好好看看偌大的美国，以一两个月什么的，最好是买辆旧车，由这一岸开往那一岸，开他个几万哩。

以旧车旅行，六十年代至八十年代末这三十年间是黄金年代。请略言之。六十年代的美国车以尺寸比例（引擎之够力与车体之不甚特重）与价格之便宜，堪称汽车史上最难得佳良之期。也于是你在七十年代中期至八十年代末期去买六十年代的美国旧车，常已极其便宜，如五百元，而性能出奇的好。这类车型，如一九六三至一九六九的 Dodge 厂的 Dart，及同样年份 Plymouth 厂的 Valiant；或是一九六四至一九六七福特厂的 Falon 及雪佛莱厂的 Chevy II；假如能买到五十年代雪佛莱的凡是"全型"（full size）的，如怀旧电影中常见的 Bel Air，特别是一九五五及一九五六，则可能不便宜，乃它已是收藏品。一九五九到一九六四的 Checker（以前纽约的大而圆胖的出租车便用此型）也是。福特的 Mustang，一九六四到一九六六，根本别去想。会是 Dodge Dart 的十倍价钱。

那年代稍微注意一点汽车的美国人，皆有以上概念。但直到一九七九年一个叫 Joe Troise 的写了一本小书《樱桃与柠檬》（*Cherries & Lemons*），堪称是评估与选购美国旧车的圣经。

即使到了八十年代中后期，美国大地上仍多见六十年代的 Falcon、Valiant、Dart、Chevy II 等车型，偶尔夹杂一些 AMC 的 Rambler，至若凯迪拉克这样的沉重车体者，几乎见不到。

这类的老车，西岸比东岸见得多。乃气候干燥又少雪之故。故能在西岸买旧车当然好车机会高些。但人恰在纽约下飞机，想往西去，也只好在当地买。有一技巧，尽量别在纽约市买，不妨选纽泽西的车，特别是升斗小民集聚的城，如 Trenton 或是 Camden。乃纽约市交通太挤，车子开开停停，又未必有车房储放，车子很折磨，且别说纽约人移进移出，车主更易颇多，较不如传统城镇百姓之惜车。看报上电话及在住宅区偶见 For Sale 牌皆比经手商（dealer）买为佳。倘电话打去，是老太太的车要卖，往往会是好运。

检视鉴别车子的性能，亦有简易之法，这里不多说。

在八十年代中后期，假如两个欧洲年轻人，荷兰或德国什么的，在费城买了一辆旧车，雪佛莱的一九七一年 Nova 之类，花了五百或七百元，慢慢开它经由东岸到南方，查尔斯顿、纽奥良，上绕中西部，芝加哥、明尼亚波利斯，再到 Aspern 滑雪，拉斯韦加斯小赌，继往太平洋北角（Pacific Northwest），最后抵达加州的旧金山，费时一个半月，开了两万哩，然后他们在报上登广告卖车，留下北滩区（North Beach）的 Cafe Trieste 这家咖啡馆内两支公用电话的号码，几天之后以原价或甚至一千元将车卖出。

这种故事，常常听得到。美国，公路旅行的天堂，因为有旧车。

（刊二〇〇〇年五月十八日《中国时报·人间》）

上海日记一则

二○○二年五月十日　上海　阴

　　来沪已五日，一处名胜亦未去。此游沪之常情也。每日睁开眼睛，不知往何地游览，十年中来沪何止十次八次，每次起床欲思一地方玩看，总颇费心神，最后落得只好以先往公园(复兴公园或襄阳公园)喝一杯茶开端。茶者，不过三元一杯"炒青"，味亦不恶，同座皆老人。茶喝完，又无事矣，又需再想下一行程，多半无甚新意，逛旧书店,逛城隍庙旧杂货,逛外贸成衣店,如此而已。噫，上海上海，何广阔之巨埠，何炫丽之建设，何驰名之声势，仅如是耶？

早起矢意选一地去游，此次既住长宁区，何不就近往西寻觅？自地图见青浦镇，其城乡为水道环形围成，想早年形式优良，今日早不具"水乡"名气一如甪直、周庄，甚至不如近处金泽、朱家角响亮；然由地图看去，东北角有"曲水园"，比例不小，或可一试。登沪青平公路，三十五分钟而抵。门票五元，进园便问有无茶厅，答有。曲径稍绕，见茶厅，叫了茶，搬了藤椅至厅外，在"凝和堂"后廊坐喝。眼前一泓绿水、三架亭子，绿树石桥，全无游人，幽清何似。

漫漫五日，浑浑噩噩而过，何曾好好喝过一杯茶？茶不茶、曲不曲水园且不要紧，究竟在上海弄了些什么，真是不堪计较。及此，岂不又回到老问题？上海，倘不是工作办事，实在不能待。或许养老做员外犹可以。偏就是不能来此旅游观光。人愈说某地的 shopping 极棒极廉、愈是说某地的餐馆极佳极多，便愈是不自禁透露出这地方之劣于旅游。

上海比较是用来住的，比较不太是用来旅游的。然言于住，即使我自己选城市来住，多半不会选上海。上海太满备，我则适于残而不全的市镇。香港亦是太满。台北之建设最差，却唯有残缺之优势。文化瘾之不易满足，是台北人在上海最大的缺憾；尤其缺乏"彻夜清谈"之老友挂或前三十年谈惯的话题及描述方式。

午饭后，于各小街闲逛，眼睛仍多半聚焦于小民生活老景：看些卖竹帘、藤椅、竹制蝇拍的小店，看些"三元吃饱，五元吃好，七元八元吃得呱呱叫"、"修配麻将，弄内三号"的招牌。脚走过几里地，眼流盼过杂乱景，旅行中的一个下午方算是开始了。此种荒嬉，最适我志。

至慈溪路选看老电影的DVD，昔年在台看过的老片，霎时历历在目，赫然五十年观影史浮上心版。Sirk的《苦雨恋春风》，黑泽明的《天国与地狱》，甚至弗力兹·朗在美拍得不甚理想的 *The Big Heat* 亦有。而七十年代的《澳洲奇谈》（*Walkabout*），以及当年只能在台北德国文化中心方得窥见之威尔涅·荷索所导之《玻璃精灵》（*Heart of Glass*）亦在焉。

晚餐于"新天地"的"透明思考"，同学余为彦已代订位。去夏在沪，仍见店在装潢中今日已琉璃满布，曲径通幽，处处见出打光心思。尝"楼兰"红酒，味不错，惟稍置，酒浆呈浑，不知何故。九时正，丝竹声起，原来纱帐后有中国民乐演奏。饭毕，已近午夜。又去虹桥路的"前门"，有老外 DJ 播放 rave 音乐，非洲节拍的、印度节拍的，乍听很感惊异，不啻伦敦、纽约可获之感受，然客人不多。轰轰隆隆至一时半，回家。上海的夜晚，于我从来最是空洞。

（刊二〇〇二年七月《万象》杂志）

台湾所过最好的日子

你若问台湾有些深有见地的家庭主妇（或主夫）："在台湾生活，你最希望住在什么样的环境里？"

她答："最希望我们家那几个小鬼能一天到晚在巷子里玩，在地上爬，有其他家庭的小孩玩在一块，要打滚就打滚，要吼叫就吼叫，到回家时永远玩得一身汗，而我完全不需担忧危险或什么的。"

有的答："我希望小孩子上学放学可以走田埂，一路上伴着蝴蝶、蜻蜓飞舞而行。常常手上还挥着一根竹竿，这里拍拍那里打打，像是赴学途中便是快乐的大自然之旅。"

某一主妇则说："我希望后院可以晒衣服。更伟大的是，能在烈日下晒棉被。那些饱吸阳光的棉质衣物，释放出一袭植物真实的本色香气。晚上盖在那样的被子里睡觉，连梦也变美了。"

有的还说，最好每年将棉被送到弹棉花的小铺去弹一弹。弹膨了，弹松了，盖在身上如同无物，只是一片九霄云浮在胸口，舒服极了。

更有人说，只想住在简简陋陋的平房里。有一小院，院里有棵树，树上结果子，要不就开花（像有些晚上开，香气袭得路过之人心神荡漾）。便因这些一丁点大的小院子，扫扫落叶也成了快慰六极的修身之举。而没事甩甩手，亦是最宜之所。甚至报纸之抛入，也比从信箱中取出感到酣畅多矣。

又有说，平房最了不起处，在墙。墙外，常是"外面的世界"。你永远在墙内遐想与度测；有人拍球，你会猜想是小明吗？有人吹口哨，你也凝神揣测，会是某个哥儿们的暗号吗？至若墙外放鞭炮，你真想探头去看一看是怎么回事。

然而墙要建在巷弄阡陌之中。也即，墙与墙要能夹成巷弄，而巷与巷要能一条接着一条；如此的阡陌，所形构出的群落，才得蕴涵出温暖的人烟气息。于是小孩在巷内爬地、打滚才会不危险，甚至深夜偶传卖馄饨的敲梆子声、卖面茶的汽笛声或"烧肉粽"的叫唤声才会真的悠悠出现。

这样的住居形式到底是什么？岂不像是五十年前台湾设置的眷村。也或者说八十年前上海的里弄住宅。最要者，巷弄阡陌的住居聚落，其先天要求是清苦简陋。

倘不能实践这"清苦简陋"，则前说的许多浪漫、许多向往则无法久存。

且举一例，如果今日将"中兴新村"这一类的群落完全清空，租给一两百个家庭度暑假或寒假，一租便需租两个月。父母亲白天出外或什么，小孩便在巷中或村外田野嬉玩。中午吃饭了，叫孩子回家；晚上吃饭了，再叫孩子回家。其间爸妈要买菜、做饭，偶要洗衣、晾在阳光下。说到洗衣，搞不好要去公共洗衣台，用洗衣板手搓的来洗。更好的，是在河边洗，尤其是洗大张的被单，还拿木棒来捶。说到烧饭，或许用的是在来米（用越光米或池上米便没法感受那种生活了），吃进肚子，不久便又饿了。更好的是，洗澡必须以大壶烧开水，烧开后，拎着倾在澡盆里边擦边抹地把身体总算洗净。这样用诸多手续才将一事做成的所谓"费工夫"，才令生活透出真切的一面。而巷口的面摊、租书店才会因此教人无限憧憬。而村中广场偶尔夜晚拉布幕放电影或白天偶有外地来的卖艺者（如跑旱船等），才显得多么令人珍惜享受。

更重要的，是家中没装潢。只有几把藤椅、数张板凳。也不宜有电视机、游戏机。于是全家人更将心思放在最基本重要的家庭生活上。吃饭便吃饭，吃完饭，小孩作功课用的仍是那张饭桌。等一会儿下棋，还是那张桌。星期天打麻将，仍是同一张桌子。

即使有这样的屋子、这样的村落，放眼望去，有人过这样的日子吗？有一成语，家徒四壁；今日若有人能过得这般日子，必定是神仙圣贤之流了。

(刊二○○八年十二月三日《联合报》)

骗子

　　台北南区一条如巷子般宽窄的有名街道上，开了七八家咖啡馆，其中一家我常去。这一天有一个人走了进来，往吧台一站。坐在吧台另一头的我，不知什么原因，早已注意上他。他点了一杯咖啡，并一块蛋糕，开始读他带来的杂志。我为什么会注意他，问得好，因为他特别。我不相信在这个区块、这种店里会有这样的人。

　　他必定是一个外地人。

他穿一件外黄里蓝两面可穿的半长夹克，有一点像风衣，但不是英国 Burberry 那种制式长风衣，比较像是西雅图式或北加州 Mendocino 式更随意的半长夹克，牌子不至于昂贵。裤子是卡其裤，但台湾不多见有人穿的那种卡其牌子。年纪约四十，只因有点胖，看来不比我这个五十岁的人年轻。他的体态沉稳，仪表威严，这些加上他的微胖，以我阅人的经验猜想，此类素质当非来自他自己的历练，而是往往一者来自他的遗传（这类人爸爸便常生成如此），二者或得自他曾成长过的地方，如美国。

他坐了四十分钟，站起身来，与老板点点头，微笑，走了。其间，只说了一句话："咖啡真好，再给我一杯好吗？"

不只是我，老板亦注意他。因为过了一星期我又去，不知怎么和老板聊起，他说这人又来了四五次，每次仍不多话，亦不久坐，仅在啜进一口咖啡而兴发赞叹时顺势与吧台后的人略作寒暄，常进出幽默语。其中有一次与邻客恰好聊起咖啡及食物，老板旁听后，对此人的见闻广博甚感印象深刻。

这个人，他如果只是作为一个客人，实在太可惜了。他根本就该是一个骗子。

才不枉前面近乎完美的出场。

他是不是骗子，不重要。我们未必是他骗的对象。重要的是他的现身。

他之令人注意，乃他呈现一袭与周遭完全没有关系的气氛。这种人常常身处异乡。有时他待在本乡亦像是在异乡。

看他坐在某家馆子里的样子，人会猜想他没有家人；即使他有，他的精神不能与他们相守。他的精神，处于永远找寻的状态，而不是像常人处于固守的状态。便是这种精神状态，使他常需微笑（对着对象最好，像在咖啡馆；否则他亦自顾自微笑），使他常常赞美，使他常常更换场合。于是发型装扮谈吐跟着更换了。逐而渐之，走得太远了，他离开了现实，而进入了，小说。

（刊二〇〇三年五月十一日《苹果日报》）

又说睡觉

凡是睡醒的时候，我皆希望身处人群；我一生爱好热闹，却落得常一人独自徘徊、一人独自吃饭。此种睡醒时刻，于我最显无聊，从来无心做事，然又不能再睡；此一时也，待家中真不啻如坐囚牢，也正因此，甚少闲坐家中，总是往室外晃荡。而此种晃荡，倘在车行之中，由于拘格于座位，不能自由动这摸那，却又不是静止状态，最易教人又进入睡乡，且百试不爽，兼睡得甜深之极。及于此，可知远距离的移动、长途车的座上，常是我最爱的家乡。

嗟呼，此何也？此动荡不息流浪血液所驱使之本我耶？

倘若睡得着、睡得畅适舒意神游太虚、又其实无啥人生屁事，我真乐意一辈子说睡就睡。就像有些少年十八九岁迷弹吉他，竟是全天候地弹，无止无休，亦是无法无天，蹲马桶时也抱着它弹。吃饭也忘了，真被叫上饭桌，吃了两口，放下筷子，取起吉他又继续拨弄。最后弄到大人已被烦至不堪，几说出"再弹，我把吉他砸烂！"。

倘今日睡至下午才起，弄到夜里十二点，人还不困，却不免为了社会时间之规律而思是否该上床休息，这于我，是登天难。主要没有困意，犹想再消受良夜，此时要他硬躺在床上，并使他一下子就睡成，人能如此者，莫非铁石心肠？

便是这应睡时还不困、还不愿睡，而应起床时永远还起不来这一节，致我做不成规范的工作，也致我几十年来之蹉跎便如平常一日之虚度。思来真可心惊，却又真是如此。这几乎都像梦了。

昔人有一诗：

无事常静卧，卧起日当午；人活七十年，君才三十五。

此诗或可解成：贪睡致使比别人少掉了一半人生。尤其解自善珍光阴者。

但若我解，岂不是将常人那纷纷扰扰的辛苦三十五年，我一概在睡梦中将之避去？他们所多获的三十五年历练或成就，正是我冰封掉的、冬眠掉的、没有长大的三十五年。我即使童騃，又何失也。

且看邯郸吕祖祠楹联：

睡至二三更时，凡功名皆成幻境

想到一百年后，无少长都是古人

睡觉，使众生终究平等。又睡觉，使众生在那段时辰终究要平放。这是何奇妙的一桩过程，才见他起高楼，才见他楼塌了，而这一刻，也皆得倒下睡觉。

便因睡，没什么你高我低的；便因睡，没什么你贵我贱的；便因睡，没什么你优我劣你富我贫你好我不好等等诸多狗屁。

能睡之人，教人何等羡慕！随时能入天下至甜至香睡乡之人，何等有福也。即此想起一则"善睡者"的笑话：

一客登门，闻知主人正睡，便在厅坐等。坐着坐着，悠悠睡去。移时主人醒，至厅寻客，见客睡得香甜，不忍叫醒，便在厅侧一榻也睡。俄而客醒，见主人甜睡，不忍叫醒，惟有回座再睡，以待主人醒。便如此，主醒见客睡，客醒见主睡，两人始终不得醒着相见，终于日落西山，客见主仍未醒，乃返家，既已天黑，索性在自家床上放倒形体大睡。及主人醒，见客已去，左右无事，回房躺下，同样亦入睡乡矣。

突想到曾在哪儿看到的一副对联："客来主不顾，应恐是痴人。"有趣。

又前引笑话，中文英文两种版本我皆读过，可知此"善睡"故事，中西皆宜。此故事透出两件情节：一者，主客二人俱散漫，生活悠然之至也。二者，他们所处的时代与地方，必是泰然适然到令人瞌睡连连，如中国的明、清，或美国的南方（如《乱世佳人》之庄园年月）。

及后又偶读陆放翁诗，"相对蒲团睡味长，主人与客两相忘。须臾客去主人觉，一半西窗无夕阳"，噫，此诗所叙，其不就是笑话本事？竟然古人所见略同。

又这两则东西，皆指出一件趣事，便是下午总教人昏昏欲睡。下午，何奇妙的一段光阴也。

莫非人不能忍受太长时间都是清醒状态，于是造物者发明了睡眠这件办法？君不见两个好友讲话，甲对乙道："你一定要永远那么清醒吗？你就不能有喝醉的一刻吗？哪怕是一次也好。"

可见昏睡或是沉醉，正是弥补人清醒时之能量耗损。也可知宇宙事态之必具两仪。

据说，人在熟睡时，身体的里里外外、五脏六腑皆在一丝丝地修复。口内因火气而生的疱或溃疡平复了，腰椎的酸痛也不痛了，肚子也不胀气了。而那些白天的打太极拳、吃生机饮食、脚底按摩等保养动作，其潜意识之逐渐累积，往往更在睡眠中把疗病的效果流贯到更深之处，像是大小周天的行气，一圈接着一圈，直将病灶打通。

正因熟睡如同行气，故最不愿被打断，乃气犹未行
至完尽过瘾之境也。并且此时之心思活动亦不愿被打断，
乃此所谓梦者正堆砌剧情至愈高愈奇之佳境，正求峰回
路转，又攀一险，再至豁然光朗；高潮迭起，不可预料。

梦，使得睡觉一事不只是休息身体，而更增多了心
灵的旅程。所谓神游太虚是也。便因梦，小孩子靠近眠
床，总被教育是去寻找一片愉快的好梦；而监狱里的囚犯，
身体虽不自由，晚上的梦却是不被禁锢的。

大伙皆知"武训兴学"的故事。据说武训十多岁时
为人做工，人家欺他老实，三年不给他工钱，他愤而返
乡里，搭被蒙头大睡，如是三日。其间不食不语。起床后，
在邻近村庄狂奔三日，这才算宣泄了心中的冤苦。乡人
以为他疯癫了。然而也只有这么大规模的狂睡加上狂奔，
他身上与心中所受的苦痛与不平才得以涤尽。

可见睡觉是身心双修的工程，亦可能是福慧兼修之

巨业。歌舞片《Oklahoma！》一开头唱"Oh！ What a beautiful morning"那首主题曲,所谓"多么美丽的早上",那种美丽,或还未必只是客观现象,多半出于睡了一场好觉的人之眼里。杜斯妥也夫斯基有一本小说(是否为《白夜》？）一开头谓:这是一个极其美丽的夜晚,这种夜晚,人只有年轻时才能强烈地感受得到。这书说的"年轻",便如睡了好觉,方能具有那种强烈的感悟力。

长年失眠的人——像有人二十年皆没能睡成什么觉。是的,真有这样的人——你看他的脸,像是罩着一层雾。

那些长时间、常年无法睡觉的人,有时真希望碰上武侠小说中会点穴的高手,帮自己点上一个睡穴,这一下睡下去,一睡睡个五天五夜什么的。

要不就是请催眠师把自己催眠催成睡着,并且好几天别叫起来。

失眠者在中夜静静幽幽地躺着，周遭或极其寂悄或微有声响，而所有的人似皆进入混沌之乡，而自己却怎么也无法入睡，这是何等痛苦，又是何等之孤独。有不少方子，教导人渐渐睡成，如洗热水脚，谓放松脚部、温暖足心能使人想睡。又如喝温牛奶，谓牛奶中含有被称为左旋色氨酸（L-tryptophan）的氨基酸，与可在大脑自然形成的血清素（serotonin）有关。

若是血清素较丰盈，人一松懈，便可入睡乡。而时间够长的深睡、甜睡或甚至只是昏睡，也实是在睡醒时导致大脑血清素丰满的主要原因。而大脑血清素愈丰满之人，则人的情绪愈倾向快乐、正面与高昂。而人愈易快乐高昂，往往夜晚愈易深睡。

当然前说的洗脚法、热牛奶法，与西方人古时的"数羊法"等，对真正的长期失眠患者，只有偶而一两次之效。

不知道是否有一种疗法，便是"不治疗"。我在想，根本令那个人抛掉忧郁、焦虑、沮丧等字眼，最好是把他丢到一块没有这些字眼的土地上，如贵州之类地方。必须教他同不懂这些字眼的人群生活在一起，这才有用。

失眠者最大的症结，在于他一直系于"现场"。要不失眠，最有用之方法便是：离开现场。人常在忧虑的现场，常在戮力赚钱的现场，常在等待升迁等待加薪等待结束婚姻等待赡养费等待遗产……的现场，此类种种愈发不堪的现场，以致使人不快乐；你必须离开它，便一切病痛皆没了。失眠最是如此。例如人去当兵，便天天睡得极好，乃彻底离开了原先世俗社会的那个现场。

人之不快乐或人之不健康，便常在于对先前状况之无法改变。而改变它，何难也，不如就离开。

譬似失眠，有人便吃安眠药，这是一种"改变"之方，但仅有一时小用，终会更糟。

但离开，说来容易，又几人能做到？事实上，最容易之事，最是少人做到。

佛门说的舍俗，便是如此。所谓舍俗，舍的是名贵手表、提包，舍的是金银财宝，舍的是头衔、名气。此类东西愈是少，便更多受人天供养，更多沾自然佳气。像禅家说的"春听莺啼鸟语，妙乐天机；夏闻蝉噪高林，岂知炎热；秋睹清风明月，星灿光耀；冬观雪岭山川，蒲团暖坐"。

一般言之，你愈在好的境地，愈能睡成好觉。此种好的境地，如你人在幼年。此种好的境地，如你居于比较用劳力而不是用嘴巴发一两声使唤便能获得温饱的地方。此种好的境地，如活在——比较不便利、崎岖、频于跋涉、无现代化之凡事需身体力行方能完成的粗简年代。

最要者，乃你必须极想睡觉。要像婴儿被一点声音惊动，却玄然又极度强烈地再转身返回熟睡的深乡。何也？他像在海上紧抓浮木般求生似的亟亟欲睡也。

而今文明之人的无法入睡或睡后无法深熟，或不能久睡，便是已然少了"亟亟想睡"之根源。亦即其身心之不健康在于登往健康根源之早被掘断。这就好像人之不想吃饭或人之食不知味的那种虽不甚明显却早已是深病的状态一般。

然则这"极想睡觉"何等不易！须知你问他，他会说："当然想啊。我怎么会不想睡觉呢？"只是这乃他嘴上说的想，他的行为却并不构成这桩"极想"。

他的行为是既想读书、又想看电视、又想接电话、更想明后天约某两三人见面商量事情、也同时想下个月应该到哪个地方出差或度假，同时在这些诸多事之外，还想睡觉。于是，由此看来，他实在不算"极想睡觉"，只算：在兼做各事之余也希望顺便获得一睡而已。

通常，睡不到好觉的人，往往是一心多用之人。或是自诩能贪多又嚼得烂之人。然而年积月累，人的思虑终至太过杂缠，此时顿然想教自己简之少之，以求好睡，却已然做不到矣。

人一生中有几万日，有时想：可否好好睡他个三天？但用在好睡眠的三天，究在何时呢？

要令每一季说什么也要空出这样的三天，只是为了睡觉。

放下所有的要事，不去忧虑股票，不管老板或员工，不接任何电话，只是准备好好睡觉。白天的走路、吃饭、散步、运动、看书、看电影……全为了晚上的睡觉。

要全然不用心，只是一直耗用体力，为了换取夜里最深最沉的睡眠。

假如家里不好睡（如隔壁在装修房子、在大施工程），便换个地方去睡。假如近日家中人太多太吵，或杂物太挤，或一成不变的生活已太久太久令人都心神不宁、睡不成眠了，便旅行到异地去睡。

例如到京都去睡。我根本就讲过这样的话："我去京都为了睡觉！"我也会说："我去黄山为了睡觉。"确实如此，只是我去黄山、京都，并不是白天睡觉，白天仍在玩，睡觉是在晚上。欲睡好觉，白天一定要劳累。

且看那些睡不得好觉的人，多半是不乐意劳累之人。

甘于劳累，常是有福。

然则人是怎么开始不甘劳累呢？动物便皆甘于劳累，小孩便皆时时在劳时时在动时时不知何为累！

啊，是了，必定是人之成长，人之社会化以后逐渐洗脑洗出来的累积之念。

近年台北有了捷运，有时上车后不久，便困了，摇摇晃晃，眼都睁不开了。明明三站之后便要下车，但实在撑不住，唉，心一横，就睡吧。便这么一睡睡到底站淡水，不出月台，再原车坐回。

这种道途中不经意得来的短暂睡眠，有时花钱也买不到。虽然耗使掉了个把小时，又有何损？

一个朋友某次说了他的梦：每晚在连扭掉床头灯的力气皆没有的情形下蒙然睡去。

(刊二〇〇六年十月十五日《中国时报·人间》)

人海

从荒凉不见人迹的层层山岭野地踟蹰颇久后乍然回到城市，坐在一节地铁车厢里望着各色人群，看着看着，愈看愈觉得熟悉他们各在做什么想什么。车站或任何人众汇聚的场所，永远强行呈示你这个社会规则熔冶出来的景状。这些人就像半生习见过交接过熟识过的路人、邻居、朋友、同窗同袍同事等人中的某些个；流转眼神的方法，低眉自守书报的式样，对待身旁人或枕畔人的惯有态度，接大哥大时变得紧张或雀跃及乐于打着行话的惯势。

这个人一进车厢，在座位已满而站立空间犹多的情势下，一眼瞥见他早已素喜的位置，很熟练的滑梭入他认为最宜得其所的角落，门边的玻璃板，随即靠倚着，便开始局势底定的默默不动，与世无争。这是个年轻人，其实所求不多。他定然一毕业就把工作找好，或是领第一份薪水便即盘算买房子的事情。他大约深知被其他乘客碰来撞去不是很舒服的事，就像搬家来搬家去令他漂泊难受。

有个中年人，自进车厢，便东张西望，先是看有无座位，接着凡打扮稍妍者他也看，小孩嬉闹他也看，正向看也转头看，像是刚抵这万花世界一般的瞪大眼睛。他很像那种一进豆浆店先忙着猎寻邻桌找报纸的人。其他乘客相较于他，竟皆像眼观鼻、鼻观心、有所敬守。而他太心无旁念，致其系念总像在社会似可容允范围中去做肆纵，譬似认定用眼睛的自由。

此人毋宁是很寂寞的，看来并没镕铸于社会，虽这样的人必定久居城镇——乡野农地不怎么见到这样的人——并且多半成家育有子女,却依然有自外于俗的习性。

有一妇人,见人离座下车,便到那位前,却不即坐下,以手先拍拍座位,像俟其稍凉才去坐下。这三四十年前公交车景观不想今日犹能得见,虽罕亦奇也。这般的固成守旧,连软垫硬板之异也视同一件去拍,可知其人之古风。

一女士坐定,便硬教自己闭上眼睛。但那闭法不是睡觉或养神,是皱起眉头紧绷式的闭,天人交战式的闭,要自己别以眼与外间相接,好像外间闪动的人影或光晃对她构成困难。这就像路上太多以措施排拒困难的人。我家附近公园周遭有两个骑自行车代步的女士,永远要先戴上口罩,即使只骑几步路。她们骑车有时像是为了差点要撞上人那种生活上的涟漪。我常因听见尖锐煞车声而转头,致分别认识了这两位女士,刚好都戴口罩,都骑短程车，都慢，像很安全，但煞车声尖锐。

有两个年轻人在讲话，两人应是朋友；十几站讲下来，没有一分钟像是朋友和朋友的来往，没有表情，没有音调起伏，直单薄直空荡。这两人都不需要朋友，都毫无互相、毫无对方。世上任何多出的一件事对他们都像是徒然多出的累。

一个看起来三十出头似又未婚的女子坐在位上不时看往每一站新进的各色乘客。有时某个手提袋引她目光，有时某双皮鞋受她注视，有时某两个女友谈论刚买的化妆品也蒙她聆听。有一个穿着寻常相貌尚俊的与她年仿男士进了车厢，她看了一眼，随后没啥兴趣又移目光至别处；过了一站，上来一对男女，打扮花俏，并且曾在电视上参加过节目，两人竟与这男士打招呼，聊了起来，过了两站，这对男女下车。这一切女士皆看在眼里，并且自那对男女下车后，她开始打量那个男士，不停地。

她有一种漂泊不定的寂寞，很适合在大都市里浮沉。她像是买完一件衣服很快会觉得另一件似乎更好。她必然有一份糊涂，令她总使自己弄成很警敏。

有一种人，即在月台上等车，也要扭动腰骨做几下体操，以免浪费时效。他若在山中驱车，见有山涧流泉，看来不能不停下来洗一下车，即使车不脏。

太多的人，其实才乘过很短年月的地铁（这城市的地铁极新），却已漠然空冷其脸、空洞其躯地进车、出车、兀立、兀坐，像是操使过几十年，而其实他才降临在这世界十来个寒暑而已。他手上的表、肩上的背包、脚上的球鞋全看得出他的意志巧思，一如他所选的汉堡口味，然这一切皆使他终至漠然空兀。人海中有一种推波助澜的熔冶陶铸的巨力，就像出车厢后众流狂奔至电扶梯之必然。

(刊二〇〇〇年一月二十七日《中国时报·人间》)

淋雨

身边小事不时也颇念及，不知适合写成文章否。

我常在雨中走路，而没有打伞。近年台北的雨较小了，二三十年前常见的倾盆大雨如今少见了。

不大打伞，倒不是怀念年少时的倾盆大雨之酣畅，而是根本觉得一来淋点小雨没啥不舒服；二来带伞常干扰大步畅行，麻烦，往往没用几分钟雨已失去踪影，像是没来由的被它作弄了；三来，也是最主要的，是我懒懂到、童騃到没养成那种"下雨怎能不打伞"的根深柢固之约定俗成过日子观念。

后来又有说什么酸雨淋不得之类的。当然，以肉身闯入污染，我也实有不愿，但仍还是用"管他的"之小岛草莱惯势投入我们早就活惯了的味精、灰尘、噪音等无所不在的环境中，依旧不打伞。

至于那些原就永远打伞者，即使下的不是酸雨，他还是照样打着。

你相不相信？这个世界的状况是，多半的人压根没有想，就把伞打了起来。

我不知何时觉得，为什么人要刻意避开淋雨？

小雨时，淋着多么舒服；避着不淋，多可惜。大雨，固令人全身尴尬，然身体有大郁结、心理有大愁闷、事业境遇有大难关者，偶得痛快一淋，最是有冲刷涤荡之无比功效。

然人之不淋雨，看来皆不是不同意于我前面说的，看来也不是想过后认为淋雨没必要，实是遵从一种"文明趋向"后之不需考虑便必定跟做之"大伙如此我便如此"的随宜性。什么"感冒"云云、"酸雨导致落发"云云常是随手拈来的良好人云亦云理由。三十年前台湾尚不兴说酸雨时他还不是坚不淋雨。

人究竟从多大开始便生出这种防范心、知道遇雨便该避淋？而又必须每个人皆同样的知此防范乎？

我们可不可以多一些时候是会忘掉雨的存在？或者，根本我们就常常忘掉自己？忘掉自己遭受风吹日晒之荼毒，忘掉自己比别人少赚了几千万之不够丰足，忘掉自己身上的衣服被弄脏了被弄湿了。

一个不愿淋雨的城市或国家，想必就是一个心灵上不甚畅快身体上不甚透达的地域。譬似一个几乎从不淋雨的小孩其童年少年之成长是很不健康的。

淋雨，是一个窥觇文明病态的极佳例子。且看不愿淋雨或在檐下一见有雨便皱起眉头一脸不快甚至立刻浮出一股官腔式的嫌厌脸色的人，往往便是常常令人不快或令己不快的人。

他甚至在对待雨这样天然东西上，也不自禁摆出一副身架子来，好像说"我耶，我怎么能淋雨呢！"，譬似意必买宾士车或劳力士表的人心中说的"我怎么能不开宾士不戴劳力士呢"一样，皆是想要因名品而令自己权势变高，实则有极大的可能是太过担忧自己卑微而弄出来的甚至不值得之花样。

如今有了捷运，有的人为了避开雨之干扰（除了水滴飞溅到衣服下摆，也像弄湿了鞋、溅泥在袜上），懂得在地底沿行。这固然避了水扰，然而地铁站内的窒闷空气却多所接收了。他竟然为了少沾几滴水珠而甘愿交换那些极其不畅爽的空气。说到空气，有的人根本没有这感觉。乃他视为当然。我每次在路面经过地铁站的出口，便已受袭到一股暖烘烘、闷燥燥、带点化学工业味的气体，令我不甚适畅，但似乎大多人不怎么有异感。

　　曾经想过在一篇小说中如此安排：男主人翁和女主人翁坐在店里聊得愉快又相知，当出店门时，下雨了，男的说："我可以不打伞，你要不要在这里站一下我去买把伞？"女的说："不，我也不打伞的。"（男的一听，刹那间，竟像是遇到了知音一般的心中震动）

　　　　　　　　　　（刊二〇〇五年四月五日《自由时报》副刊）

找寻称意的小社会

　　四十多年前，我家巷子底有个面摊，主人是个低阶退伍军人，摊子旁悬一面小黑板，他无事会以粉笔写些警句，我最早看到"君子坦荡荡，小人长戚戚"名句是从那面小黑板上。

　　两块钱一碗阳春面，能获得热骨头汤混合着面汤两者的香味，更有一种"外食"打破每日家中饭桌清供的沉闷之享乐感，于我，这碗面已然太满足了。但我观察，有不少大人来此不是吃面，是来聊上几句。是了，他们见着灯光，见着面锅的沸蒸水气，便自然往这儿靠近；

既来了，便同老板讲几句话。有的说："我最喜欢吃你下的面，尤其是下得比较生时，更好吃。"有的说别的，与面条不相干。我发现这样的人还颇不少，有的站着说，有的索性拉了凳子坐下。那是六十年代，人人没事，我们那条巷子大伙皆夜不闭户，这么一爿小小面摊，也竟成了绝佳的沙龙。

一个社会愈闲，愈有颇多的人每天必去同样的地方。如北京有些公园，每天总有极多的人他一天中最长的时间是耗使在这儿。成都的茶馆亦是如此。

近日有人开始谈论退休后的每日生活。其中说及每日下午应在何处坐坐、应与哪些朋友碰碰。这是何大的一个课题！就说台北好了，恁大的都市，但该去哪块呢？我亦回答不出。

所谓称意的小社会，是你在那里吃饭、喝茶、交际、娱乐等皆感到很优游自在；但真说到自在，便牵涉到人，也就是朋友。或者说,要生活在你所喜欢相处的人众之旁。要常常可以碰上或遭遇令你愉悦、产生趣味,或使你放松、使你简略、教你闲散的人或事态。人便是要往那类情境去靠近。有时甚至要开创那种情境。我小时常梦想,是否在民初,所有的孩子们暑假皆自省城返回家乡,大伙住在大房子里,一个大家庭,吃饭时每人陆续地自楼上或后院深处的房间走下来,聚于一堂,闹哄哄地吃。不远处的客厅与花园还偶传来唱京戏的声音。不管是下午或是半夜,永远有点心吃,你想吃绿豆汤或是冰西瓜或是馄饨或是粽子或是油饼,随时皆有。此种大家庭的人气,永远在你身旁不远处,你绝对不会寂寞,但你依然可以窝在自己的房间几十个小时不出来,只为了埋头读你那读了一半的《红楼梦》,你依然乐意独处,乃你知道人群的温热原来就在几步路之外。你独处,但你不寂寞。还有,你乐意有热闹感,但你希望它是一种太平美乐时代之氛围,你并不渴求与人无休止地交接,乃你并不住在苦寒荒凉的美国,那种只要见有一人远远骑马而来,说什么也不想放他走的一片寂寞大荒。

台北有些店，不管是服装店、是茶庄、是古董店、是售大陆书的书店、是画廊、甚至只是某个小杂货店，我常见有客人频频来到，坐着高谈阔论，往往一聊好几小时，意兴飞扬。最先他们来此，亦为了买东西；但来惯了，原本重要的衣服、茶叶、书籍、古董等身外物竟不重要了，心灵的慰藉才是更抓紧之事，与人的接近才是更亟迫之事。他来此，是找寻称意的小社会。即使他的工作顺遂，事业有成，家庭和乐，妻儿贤德，然他犹要往最教他感到松闲、轻畅、放意、粗略、不受束缚、无有沉重负荷的小社会去窝一窝。人生便是有这么难。

　　人从自己的空间出来，到外头张望别人，是恒存的需要；小自一个面摊或一棵大树下三张板凳，大到一整个城市的各处广场（piazza）皆如随时有园游会（譬以罗马），都可以抚慰人的寂寞，但何样尺寸最称己意，也惟有各人自己揣摩了。

（刊二○○七年十月十二日《联合副刊》）

北京买书记

显邦兄：

久未聚晤，时在念中。弟在北地游览山川，一路黄土白杨，转眼又闪逝了五六个星期四，想台北每周四众书友相聚喝茶聊书，快意何如。

此次旅行，早晓自己以大义，绝不买书；实因途程漫长，不堪负携；不想为挑几册地图，踏进书店，自此无法自制，见猎心喜，下手起买。内心为此真是矛盾已甚；

书买多了，亦无时间体力尽读，更无空间存放。迁家及远行，多年来苦不堪言。有时尝想，日后原也要赠予图书馆或捐与私人，且先拥于身边一阵再说；却因循堆栈，自煎自熬，一无用处经年累月下去。

先是在三联书店瞥见成叠的辽宁教育出版社的"新世纪万有文库"，因是旧著重刊的小册子，想不占行囊，便随手挑了马一浮《泰和宜山会语》、贺昌群《魏晋清谈思想初论》、丁文江《游记二种》、文载道（即金性尧）《风土小记》等书，以其价廉（共约20元）又轻巧好带，或能路上翻看。又经商务印书馆，见1983年刊的赵元任《通字方案》，仅9角3分，岂能不买。某日进"劳动人民文化宫"，不想遇上"书市"，万头攒动，虽强忍不逛，仍买了中国电影出版社的《蔡楚生选集》，标价4元2角，还打八折。蔡氏的电影剧本《一江春水向东流》等我早有了，买此书实为了柯灵的那篇好几十页的长序。

某日进了一家"中国书店"（北京约有七八家之多），

见旧书满架，低头埋进，再站起身已是打烊时分，而手上已提了厚厚一摞。

接着三日，又逛另几处"中国书店"，呼家楼的、琉璃厂的、隆福寺的，买的全是旧书。这旧书，倒不是指线装古籍，亦非指三四十年代破损落页的旧书，主要指近三四十年的过往出版物。80 年代末所出书，即使距今不远，常因断版或冷僻，新书店亦买不到，如徐卓呆的《笑话三千》（岳麓书社，1988），或中国商业出版社"中国烹饪古籍丛刊"中的《吴氏中馈录·本心斋蔬食谱·外四种》（1981）等是。甚至 1993 年二版的吴应寿所著《徐霞客游记导读》（巴蜀书社）亦早断售。

而最引我兴趣的旧书，实是六七十年代的好些特殊出版物，特别是"文革"时期的译作。有不少译自俄著的边地调查记录，像《黑龙江旅行记》，像我花三元买的伊凡·纳达罗夫结其 1882 及 1883 年旅行见闻写成之《北乌苏里边区现状概要及其他》（1975 年初版售 3 角 6 分）。

而商务版的各国简史之翻译亦是，往往大字排印。买1915年版俄人多利宁与多罗什克维奇合著《秘鲁》一书，费4元，原售7角3分。这类书常印有"内部发行"字样，当年亦不易在坊间书店得见；近年乡县机关工厂或因楼舍拆建、或因改并企业营运，不少小图书室的库书不免除卸而打掉，以致进入了旧书店，品相往往崭新如昔。如科学出版社的《齐民要术选释》与《梦溪笔谈选读》，皆刊于1975，以现代科学知识注解古籍，便似全新不曾被借阅。

80年代的书，亦极便宜，由于多见民族类及风土类，所买亦多偏此，约如下：

中国社会科学出版社的《美洲土著的房屋和家庭生活》，1983，美国路易斯·亨利·摩尔根著。

四川民族出版社的《侗乡风情录》1983，及《川剧剧目选考》1989。

巴蜀书社的《蜀藻幽胜录》1985刊，明朝傅振商编。

又"中国少数民族简史丛书"由各地的民族出版社或人民出版社所分出，大抵刊于1983、1984年，我买的有《鄂伦春族简史》、《仫佬族简史》、《毛难族简史》、《盘村瑶族》、《傈僳族简史》等。

有一书，特别难得，是中国社科院民族研究所的民族学研究室所出之《中国少数民族社会历史科学纪录影片剧本选编》第一辑，收有许多纪录片的剧本，1981年刊，杨光海编。厚876页。完全没印版权页，自无印价格。8元购得。

最珍贵者，是购得1959年中国电影出版社之《苏联电影史纲》第一卷，1917—1934（全书共三卷），由苏联科学院艺术史研究所中几位学者合著而成，龚逸霄译，40年前定价即要4.8元，只印1900册。15元购得。书厚796页，除正文外，有150页的影片目录、100页的片名索引、30 页的人名索引，委实繁全周备。

再说一件趣遇。离北京后，到山东济南，在永长路的清真南大寺前，一大早见一人正在地上摆书，准备开市。他边摆我边蹲着翻看，摆完不过一两百册，全是旧书，且有不少前说之 70 年代"内部发行"种类。突见一册《在乌苏里的莽林中》，仅下册，俄国的弗·克·阿尔谢尼耶夫著，1977 年商务版。翻开首页，赫然出现"德尔苏·乌扎拉——1907 年乌苏里地区旅行的回忆"这样的书题。原来竟是黑泽明所拍同名影片之所据，立刻忆起老友李明宗兄多年前在士林老家对我提起黑泽明片子实来自俄著实事之朦胧印象，不想踏破铁鞋无觅处而今——如何料到为赴青州看北魏出土石雕道经济南又难得早起更因走岔一巷来到清真寺碰上了这么一个孤零零的冷摊！

共挑书四本，一问价钱，老板比手划脚表示 5 元，付讫。原来这相貌纯良之人是个聋哑人。便有这样幽人方收来摆售这样幽书。

偶遇也。奇遇也。

这两日才闲中翻看了几页，德尔苏·乌扎拉原来是乌苏里森林中的赫哲族人，与世隔绝，只知渔猎，常年宿于山野，不入房屋，天性纯良，全然葛天氏之民。书中娓娓所记，引人入胜，真教我舍不得一次读太多页。可能是我所读过最好的一本"旅行文学"。或许十多年前黑泽明恨不得将之拍成八个小时的长片也未可知。

得书于尘途，也竟有趣。拉杂相告，不尽。

国治

（刊一九九九年十一月十八日《中国时报·人间》）

美国流浪汉

——说 hobo

为了不同的理由，人们上路流浪。但只要他开始流浪，他就与一草一木、岩石砂土一样，同样散于路边安于大地，原先的理由不理由的，自也就湮没了。

好些年前，有一种人，穿着老式西装，但陈旧褴褛；形状潦倒，使他一径呈显中年衰老模样（虽然实际年纪尚轻）；往往肩上扛一木棍，上扎简单包袱；总好像走在铁轨附近，当不知何处响起一声汽笛，他马上把低垂的头抬起，全神贯注，等待火车驶来。

这种人，和铁轨、火车汽笛、简陋行囊总是伴随一起。而合这所有形成他的独特世界。这种人，叫做 hobo，便是本文要讲的流浪汉。

hobo 这字，最早出现于华盛顿州，于一八八九年，距今已过一百年，指的是游动迁徙的农场工人或伐木工。hobo 的语源不明，有人说南北战争后散兵游勇喜欢逢人就说"往回家走"（homeward bound），将这两字的字头 ho 及 bo 合在一起含糊懒散地从口中挤出而成。又有一说是指不乐田事、逃出农庄的"执锄小子"（hoe boy）。

小说家杰克·伦敦（1876—1916）年轻时也做过 hobo，他一九〇七年的书《大路》（The Road）中描写一个在新墨西哥州圣马夏（San Marcial）的水塔的壁上有流浪汉留下一段信息："Main-drag fair……Bulls not hostile"（镇上主街讨饭不赖……铁路条子不凶）。这种信息自然是留给同道看的。流浪汉们惯常在铁路站旁常有的水塔上留言，这是他们地下的布告牌。为了自己人知道，他们只书别号。在一九〇〇年代，一些比较有名的别号有（从各地水塔上集来）：

Buffalo Smith（水牛城史密斯，或野牛张三。）

Cinders Sam（匹兹堡山姆，hobo 们称匹兹堡Cinders；或火车山姆，乃蒸汽引擎须不断往锅填煤）

Minnie Joe（明尼亚波利斯的裘）

Mississippi Red（密西西比红皮）

Ohio Fatty（俄亥俄肥仔）

Syracuse Shine（西拉寇斯老黑，shine 在二十世纪初指黑人。）

Texas Slim（德州瘦竿儿）

"丛林"即景

铁路货运站，往往荒凉旧暗，各节货厢（boxcar）此起彼落在此调接。有时一列货车深夜进了站，流浪汉轻手轻脚地从货厢跳了下来，这厢三个，那厢五个；有的揉揉眼睛，打个呵欠，问道："哪位知道这儿有'丛林'（jungle）吗？"有人或答："前边就是（Right over there）。"于是大伙往那行去。走不多远，有些小树乱草围集的一块荒地，便就是了。众人抵达时，可能有几个流浪汉早已在了；若先前生好的一堆火渐呈微弱，新来者会你捡些老柴、我折些枯枝、他掏出旧报纸，把火生旺。随即各人分工，有的拿铁罐烧水，有的取出袋中咖啡粉，有的开始传糖。至于要吃饭的，若情势许可（如不至太晚而用火很久，扰及其他人睡者，如火上尚遗有大锅汤），则各人会将自己所存有的食物——马铃薯、红萝卜、洋葱、卷心菜、旧剩的香肠——各自贡献一些，投入公锅之内。所谓锅，常就是一只铁皮盒子。有的无法贡献锅内菜的，有干冷面包，自也乐与众人均分。什么皆无者，通常不主动趋近取食，但流浪汉们往往在汤沸菜烂之后，也会分他一碗羹。吃完饭，抽完烟，各人取出配备，就地蜷窝着睡了。

这便是流浪汉聚停的营地，行话叫做 jungle（丛林）。

它通常离货车站不远,近水(小溪流或水塔),有树、草(可遮蔽、可挡风、可烧柴)。由于早年铁路货车站常在荒野之地,树林极易觅得,致有"丛林"一词。

白天来临,有的流浪汉又要出发,有的则想再待一阵。亦有新抵达的,往往先到镇上——一般离车站不远,半哩或什么的——市场或餐馆后门的垃圾箱捡些食物(老菜叶、软西红柿),身上有些小钱的,也能买。有的则往镇中人多处使出"伸手牌"(panhandle ——原为锅柄,以其形状颇似人的手掌平摊,引为"讨钱"义)。总之,最后还回到自己的天地,丛林。在丛林中,生火烧水,就地吃饭。等休息够了,继续上路。丛林种种,还需细表,现下先说上路。

跳车技巧

当货厢装载完毕,与火车头搭接上,将出发时,流浪汉早已据好自己有利的位置,通常是在火车的前方躲好，以免被侦查人员——所谓"条子"（bull）——看到。然后车子启动，向前推移，当载有人的火车头经过你所躲之处，你立刻现身快步沿着火车奔跑，看准一节空的货厢，先把行囊抛进，接着确定你奔跑的速度与车速相当，便把你的手探抚在车门把手或铁梯上，此时手指若不觉得有快速扫拂、握持不住之感，便可一把抓住，握紧，随之脚踩碎步，使力一颠，用腰力向上猛荡，便上了车。

假如只是手贸然地抓住了门把，而身体的速度不够，那不是人被扯打到车厢壁上再弹震到地面，就是被拉送到车轮之下而丧命。某些流浪汉有别号如 Stumps（断臂的）、Righty（缺右手的）、Fingers（九指神魔）等人，便是在攀跳行进中的货车时断送了躯体的部分而博来这些个万儿的。

若不是因为条子搜寻得严，跳车技巧自不需快速矫捷，只要当车子停着未发时爬上去就成。但有的大站，条子众多，除了出发前有人一节一节巡查外，并且在列车很前端与很后尾各站有一两个条子，使得就算火车移动了好一段路,你仍然没有机会跑出躲藏地。就算你更狠，埋伏于前方更远处，但当你想往上跳时，车速已经快到令你没法攀上了。

也有人为避条子耳目，躲在车轨旁的水塔上，等车临近时，空降而下，心盼那些把眼光盯在平视线及车轮下的条子会忽略上方，但有时落下的声响惊动了他们，狠恶的铁路条子甚至举枪射击。描述民歌手伍迪·轧绥（Woody Guthrie）流浪及纠组工会的影片《奔向光荣》（*Bound for Glory*）中就有一个流浪汉正在庆幸跳上了车顶、甩脱了条子，狂叫欢呼，突然砰的一声枪响，他竟没了声音。不用说,这节他刚跳上的货厢,成了他的丧车。

有时货厢全满，即使没有条子严查，有人也只能钻到车底，在轮子与轮子间的一些横杆上架放一块木板，这木板叫"票"(ticket)，人躺板上，这种搭车法，叫"买躺票"(on his ticket)，这种乘客又叫"空中飞人"(trapeze artist）。这种人搁于车底横杆之法，早年多人行之（因那时货厢人满为患，由于挤得一步也不能移动达数小时至数十小时，有人屎尿只好任其拉在裤内），后来蒸汽引擎改为柴油引擎（五十年代普及），车行增快，横杆的铁质也不如从前的厚沉，"买躺票"已近乎不可能，那种颠簸不是肉身之人受得了的。而人已在上头了，想下又下不来，若是颠到呕吐、颠到头昏充血，情况更是不堪想象，至于颠成失去知觉，最后只有死路一途。

蒸汽车改为柴油车，使车速剧增，固然使跳登车子更难；但即使在蒸汽车时代，因跳车而死伤的人数便已极众。一八九九到一九〇二年间，宾州铁路的警察主管报导，有二千人死于该线铁路沿途，有五百人伤于肢体残断。而这数字仅是全国十八万二千哩铁路总哩数中的二千哩上所发生的而已。

铁路条子，是各铁路公司雇用的威武强悍工人，并非公家警察；他们大多对游荡浪迹之人有其典型的好恶，也就是说，往往恨之入骨。虽然各地对抓得的流浪汉有不同的处罚，一般来说，南方最凶；被抓到，常成为"锁上脚镣的苦工犯人"（chain gang）。有的地方则关二十天，只吃饭睡觉，不做工。也有的，很快就释放。流浪汉很称道"摩门教"徒所在的犹他州，因该地铁路沿线的人比较和气慷慨，以是称那一路线为"牛奶蜂蜜线"（Milk and Honey Route）。相较之下，南方很具敌意的路易西安那州，流浪汉给她起了个诨名叫窝囊安娜（Lousy Anna）。

浪途种种

流浪汉登上了货厢，便又是新的一段浪途展开。这时前段的冒险与担惊告一段落，下一段的惊险与未知还没来临。此时正是搁下一切，随着车轮牵动的韵律，一起一伏，逐而渐之，人的思虑也于是可以游动起来。有时让车门开着，正构成最好的银幕，人可遥观风景。也可只令它过目，视而不见。就这样，望着或不望着，想着或不想着，只要车子续向前行，人在其上让它载着移动，便即是流浪的主要内容。

而这主要内容的核心实质，说来可笑，竟然是睡觉。多数跳上货厢后的流浪汉，在车行的摇摇荡荡中，终于渐渐睡去。也委实途程太长，人也不可能一直向外看风景，致睡觉成为最适宜之举。亦是最公定之举。就像当兵一样，没事便睡觉。有的不愿在清醒中忍受车子的颠震，故意使自己喝醉，以让自己在昏睡中避开这煎熬。前面说的多人死于铁路沿线，其中就有因酒醉而翻落车外的。

当火车穿越高山区（hump）时，像落矶山脉之类的，往往有极长时间不停站，而气温陡降至极低，流浪汉所携衣物有限，许多人便如此活活冻死。也有人猛灌烈酒御寒，但不久就醉倒，随之由酒激发的热力也渐消失，而人还未醒，最后也冻死。曾经有流浪汉为了给自己发热，满装一瓶子的生辣椒，泡上水，一路上喝着嚼着，借此让自己不被冻僵。

必 要 装 备

假如问一个有经验的hobo，上路时必须携带的配备是什么，他会告诉你两样东西。一是水，一是硬纸板。

先说水。人一上了车，不知何时能停，若在夏天，有时渴到令人脱水。再就是当车子穿越沙漠时，人在大铁盒似的货厢里，如同烤箱，因此水有时是救命用的。

硬纸板（cardboard），是流浪汉的床垫，因为人在浪途，随时可能睡觉，随时需要躺倒。硬纸板到处找得到，将包装用的纸盒拆开叠平便是，不只是在市场后门弄得到，丛林地面也有前人留下，空的货厢里也常有。硬纸板不只可以防震，也可以隔脏（货厢内经年的油污、灰垢、泥屑、甚至人畜的粪便干渍），并且你若乘的不是有顶有墙的货厢，而是开顶的"敞壳"（gondola），或平板货台（flatcar），此时你可用硬纸板隔挡不时袭来的风砂（经砂石区时）、飘来的微雪或暂雨（经高山区某段时）。

选车窍门

坐上一节对劲的车厢，关系着整趟旅途的舒适甚至安全。有经验的流浪老手，会在上车前（若情况许可）先检查车轮的式样来知悉轴承的润滑如何（老式轴承需赖不时的人为上润滑油，新式则自动润滑），而由此来预见等会儿车行的平稳情形。通常有顶货厢比开顶敞壳（gondola）要稍胜，而开顶敞壳比平板货台（flatcar）要可取，主要是"有遮"较"无挡"为有利。货厢的弹簧安得很紧，为了承受货物的重压，于是空的货厢比装有货物的货厢要颠震得多。因此设法找两节装货车厢中的一节空车厢是内行的选择，因为它的震荡被前后装货的沉重所降低。当然，要找得到才成。

不管你选到什么车厢，迟早会遇到颠震的路段。在曲折不平的路段，有人说车轮在铁轨上的时候还没有它离开铁轨的时候多。流浪汉们公认的最坏之旅是从犹他州的盐湖（Salt Lake）到科罗拉多州的丹佛（Denver）。

当火车时速是七十哩或八十哩时，它能把你震离地面三吋，你既不能坐下，也不能躺下，能站着已算幸运了，还必须把膝盖打弯，或者是蹲下，往往你必须采这种滑稽姿势达好几小时。

被封为"流浪大王"（King of the Hoboes）的"炒锅杰克"（Fry Pan Jack），流浪四野超过半个世纪，他的珍贵选车建议是：

1. 勿乘运煤车。煤片会刮伤脸皮，煤屑会填满你的口鼻。

2. 勿乘运大木头与大铁管的车。它们不知何时会滚动，很多人死于此。

3. 别站在货厢门旁。真有人向火车扔石头的。就算看风景，坐在里厢看。

4. 最好带一块顶住车门的东西，像三角形的木头楔子之类，可顶货厢之门，以防被锁闭在里头。走的时候，带走。

5.勿在货厢内生火。因无法知道地板上是否遗有汽油或易燃物。

6.若要在货厢内睡觉,头朝后、脚朝前。这样,即使有紧急煞车,头不会受猛撞。

7.勿乘载运汽车的列车。这年头有人跳上去偷电瓶、拆轮胎,所以条子最注意这种车。

不为什么,就为流浪

说了这么多的跳车之难,乘车之苦、浪途的辛酸与危险,人为什么还流浪呢?又为什么有那么多的人还一径在路上呢?有一个流传在流浪汉当中的典型回答:"只要你有这么一次自货车里向外撒尿,从此你就迷上它了。"试想你的尿在时速六十哩的车行中飘洒开去,遍及一哩之遥,是一种何等特殊的感官振奋。

而流浪也不全是苦的、险的,它也常有惊喜、美妙的一面。夏夜躺在敞壳车上,望着静凝的明月,和风携着四野的草香拂在你全身，耳朵里听着不明显的虫声或树叶声或只是风声，而背景音响始终是规律的轮轨磨击之声。初春季节在货厢中横望被车门打开后自然框出的宽银幕后面的原野辽阔，绿草黄花，远山积雪，牛羊低徊，教人心如止水。若侥幸躺在最后一节的平板车上，目送这整个世界离你远去，直往后退，却永远退不完；而这光滑的铁轨亦始终无断无尽无休止，这是何等的人生。

这就是流浪。"流浪之王"炒锅杰克从一九二八年还只是个十多岁的孩子时便开始上路，六十年来，餐风宿露，仍不事停歇安顿。另一个老流浪汉叫雷诺黑炭（Reno Blackey），在八十三岁时，依然一年要出门流浪四个月。问他们为什么，答说不为什么，就是为流浪（just for the hell of it）。

流浪国语

那些登车下车、奔游四地、居停无定，却又随遇而安的流浪汉，整个美国"从加里福尼亚到纽约岛岬"对他们而言，"这一片土地是你的土地"（套伍迪·轧绥歌词的说法）。他们到处为家，却没有一处真是他的家。他没法给人他的地址。他所存活的国度，是为"流浪国"（Hobo Land）。

流浪国里有其自设的章法规矩。语言是其中很重要的一部份。他们说的是他们的"行话"；说："我还是一个gay-cat（刚上路的嫩脚仔）时，我的一个jocker（师傅，前辈），他的monika（万儿）叫Denver Red（丹佛红皮），是一个mushfakir（走方修伞的）。有一回他跳下side-door pullman（货厢，乃因讽称是'由边旁开门的豪华客车'），进入main stem（镇上主街），准备throw his feet（抛脚，即乞讨），因为这镇上没有sally（救世军 Salvation Army之诨称）；不想遇上一个jackroller（干老越的，即小偷），而丹佛红皮既然也是在外跑跑的stiff（光棍），便掏出equalizer（摆平事端之器——指小刀），把他捅了。"

他们称恶犬叫 bone polisher（打磨骨头的）。

称教会收容所里的布道叫 angel food（天使大餐）。

称烟屁股叫 snipe。

称睡觉叫 kip，叫 flop（妥条），也叫"捶耳"（pound the ear）。

甚至他们把耶稣的称呼也黑话化，不叫 Jesus Christ，他们叫 Jerusalem Slim（耶路撒冷瘦竿儿）。

别号研究

起别号、立万儿，也是流浪国里的特色。人在江湖，自然原来安居世界的名字不妨换掉，一来原本读书就业所用名字不便再提（不管是羞于门风或是碍于官查），二来新的别号更有"风尘味"，更别说那些别号叫唤起来的那份调调。另外，很重要的是，别号大多是同道帮你起的。

流浪汉相遇，几句闲聊，有的接着问你府上，再察你形貌，随即便迸出个名儿，派在你头上。像 Denver

Red 便可能是如此成号的。通常这是流浪汉在他年轻时开始上路的得名情形。当然人也会先请教你姓名，你回说 Jack London，人家知你做过水手，于是给你 Sailor Jack 之号。至于问起职业，答说修水管，于是有 Chi Plumber 之号。Chi 一字，当然是"芝加哥"一字的道上称呼。个性特殊的，同道自会不放过这份特性而来命名，像 Leary Joe 这名字就是因为他胆子小，人家给他起的。

许多人叫 Red（红皮），像 Denver Red、Iowa Red、Omaha Red、Painte Red 等，大概是常年浪迹室外，曝晒过多，致皮肤通红；另外还可能食物不得平衡调摄，脏腑蕴火，上浮于面，成为两颊泛红；再就是太多流浪汉酗酒，只要搞得到酒，有时甚至只能弄到药用酒精、油漆稀释剂、刮胡完抹的 lotion，他全喝，始终面红耳赤。

许多人叫 Slim（瘦竿儿），像 Oakland Slim、New Orleans Slim、Pasco Slim、Pacific Slim 等，主要也是餐风宿露，有一顿没一顿的，再加上攀车跳车及许多劳力苦工，使得早年身材比较瘦的流浪汉也多，不同于今日城市中所见安逸的美国人以稍胖者为多。由于太多人叫 Slim，流浪汉索性把看来不胖的耶稣也安上此号。

地名、地方是他们的全部

全美国的地名，流浪汉们耳熟能详；小村小镇，他们无远弗届。美国地名是他们字典中的主要构成。他们一下说俄亥俄州的 Lima，一下又说密执安州 Kalamazoo；这一会儿说 Omaha，下一会儿又说 Spokane；一下说 Tulsa，一下又讲 Buffalo，无法胜数，这些地方有的你去过，有的听过，但对流浪汉来说，那里的火车站旁不远的丛林是他曾经待过的家。或受过冻或挨过饿，或痛快地睡过一天一夜以便再有气力上路的老窝。听他们遨游飞翔地讲地名，从华盛顿州的 Wishram，到蒙塔拿州的 Paradise，到明尼苏达州的 Boone Island，再到爱荷华州 Council Bluffs，突然又到了加州的 Oroville，再突然又到怀俄明州的 Laramie，真是无处不到，令人向往不已，恨不得当下跳上一节货车，就此五湖四海任意飘泊，不为别的，就为了这些地名的向你召唤。

铁 路 的 诱 惑

当然，他们还谈火车。一下讲"联合太平洋"（Union Pacific），一下讲"瓦巴许炮弹号"（Wabash Cannonball）；讲 C&A（Chicago and Alton）、讲 S.P.（Southern Pacific）、讲 Sunshine Special、Panama Limited、Rock Island Line、Yellow Dog 等，这些铁路名称，出自他们口里，全像是游乐的玩具，而由它们贯串而成的整个美国，像是流浪汉们所可巡游的大迪士尼乐园。

自南北战争结束，许多人归家或归家后再离家（已无家、无亲、无业），用的都是火车，从此慢慢发展出"火车上路"的行动方式与求生技巧。十九世纪末期，已有近二十万哩长的铁路网贯通全美。火车汽笛声不仅呼唤出向外移徙的可能性，也激发人们对浪漫与传奇的憧憬。

早先的铁路人员，爱将自己想成是驾驶"铁马"（iron horse）的人，以此自傲。他们的典型动作是从上衣口袋中掏出铁路公司制式的怀表，以掐准开车及到站时刻。当然，这掏表动作早已是逝去的仪式。

柴油引擎在四十年代末期被引进，到了五十年代中期，传统的蒸汽机引擎几乎完全被取代。从此，不但汽笛的声音再也听不到从前的那种真实悦耳的轰隆声，也再看不到挥汗铲煤、一铲一铲往锅炉里送的景象了。

昔日光辉不再

火车的高度机械化，受影响最大的，是传统的流浪方式。轮子变高了，跳登其上便更难。货厢更少了，车种最后都似要变成较经济的"猪背"（piggyback——运汽车的那种）。照炒锅杰克这流浪王的说法，如今火车行二百五十哩，中间不停；老日子里火车约每二十五哩会停上一下，停在水塔边或煤坡旁以资补给。又以往一列车只挂七十五节，现在挂了二百节或二百五十节（就像老蓝调歌曲常唱的：The longest train that I ever did ride is a hundred coaches long……），有时你头尾都见不着。

火车拖挂的车厢多了，当然车次就少了，小段运途也不做了，尽可让公路代劳。

丛林今昔

流浪汉们"吐春典"（讲黑话）、谈地名、提论火车，最习常的地点，是丛林。

丛林是各方好汉不约而同的公定聚集地，是有着大锅炖汤（Mulligan Stew）的饭厅，是交换旅程信息、打听跑埠混饭行情的茶馆，也是劳累、困顿、流离颠沛之后最佳的卧房。

有了丛林，那连续三几日困拘在浪途货厢中的冷、饿、寂寞、转跳换车等艰辛，至此总算值得。进得丛林，看见人群，倚着营火，即便是一锅糊烂杂菜大汤，正所谓"臭鱼烂虾，送饭的冤家"，亦吃得津津有味。而才从远方刚落地，那一身仆仆的风尘，更合了穷困阶级所说的"三日不洗脸，必定有肉吃"。

老日子里的丛林，通常很有模样；干旷的大片空地，是主要活动空间（很多丛林当年可容纳上百人）。空地边有小林子，流浪汉用电线或绳子牵在树上，是为晾衣竿。有的树上钉上一面汽车上拆来的后视镜，让人刮胡子用。最让人印象深刻的，是锅子、杓子、铝盘、锡杯全部用完后倒挂在树枝上，令剩水淌掉，保持干洁，供下一批来人使用。这是早年流浪国里大伙约定俗成的公德。每天不同方向的人来到此地，有时可以看到全国好几个地方的报纸。当然至于"消息"，流浪汉最关心的，仍旧是哪条路好走，哪个城比较抓得不凶，哪里现在要人摘莓子、伐木材或修水库之类。

有的丛林若临近小溪，流浪汉索性把多日来的尘土长须在此弄净。其中有一样，也是他们必除之而后快的，虱子。老话头说的"人贫双月少，衣破半风多"，对流浪汉完全适用。火车货厢是虱子多年积聚之地，它们也惟有遇上流浪汉，才得跑到外头去流浪。有人放一块洗尿缸的肥皂塞在屁股口袋里，借以驱虱，或许是因为它的化学药味之效。曾经有一个流浪汉在南达科打州看见一件令他平生大开眼界之事；他在密苏里河边见到一个印第安人光着身子从小林子里走出，而那时是冷天。走近一看，原来印第安人将所有脱下的衣服放在一处蚂蚁堆上，全是大只红蚂蚁，爬满了衣服，在抓虱子，一只一只，杀得一干二净。

这一类轶闻，只有在丛林中听得到。且再说一个笑话。有一个人在波特兰去一血库（blood bank）卖血，护士抽了他少量的血先去检验，验完出来和他说："先生，对不起，这里面的铁不够。"要知道流浪汉中不乏有些老粗调调的，他说："喂，你们这儿到底做的是什么生意？是血库，还是废铁场？"

　　每个流浪汉都知道好些个散布全国各地的丛林，不管是亲身去过或道听途闻。像蒙塔拿州的哈维（Havre），曾经是西部最大的营地之一，在农获的月份里，常有二百个流浪汉在"奶河"（Milk River）边的丛林中露宿。当然，现在一次能见着三五个人已经不错了。华盛顿州的史波坎（Spokane）及委纳其（Wenatchee）亦是大营地。后者尤以苹果摘收期间，到处可见流浪汉。加州的史托克顿（Stockton，老华侨称为"三埠"，排名在大埠旧金山、二埠圣克里门多之后），良田万顷、水渠密布，亦曾吸引外地流浪汉无数。另外像奥勒岗州的克拉马斯瀑布（Klamath Falls），可算是流浪汉的"度假胜地"，他们唤它凯蒂（Katy）。夏天，极多流浪汉聚此享受大自然绿意，在河中钓鱼。也有人在此淘金，拿着铁盘不断滤抖，一天十小时，一周七天，如此一年可赚五千元。是件苦差事，但名义好听。

如今的丛林，一来为数不多，二来也景况暗淡、乏人问津。由于没有人络绎不绝的"照顾"它，便有附近的无聊少年不时至此破坏、练枪打靶，搞成一块荒墟。除了流浪汉本身已没落这一个原因之外，教会收容所及救济金亦是使丛林文化消逝的一大原因。早年许多跳车上路的好汉，如今只消在都市里干领救济金就成了。或是每个月流浪个二十多天，看看时间到了，再回到城里领救济金。还有就是每一个城停一下，进教会收容所（mission），让它管吃管住几天，然后再上路，到了另一个城又依样画葫芦，只要忍得住强迫听道便成。凡此种种，使得流浪国的黄金岁月完全不存在了。

行中的竞戏

在黄金时期，流浪汉不只是几十万人出外觅工熬饭的"现实"营求，它也有其游艺上的比高竞技之运动精神。一个流浪汉在货车站附近遇见另一个流浪汉，说："Which way, 'bo?"（上哪儿，老哥？）算是道问候。"Bound west."（往西）算是回答。就这么简单。他们没什么你好啊、再见啊这类繁文缛节。

在漫长的东西横贯铁路跳车里，流浪汉们发展出"比快"的游戏。这游戏是你自己的兴趣，并没有主持人，也没有奖赏。小说家杰克·伦敦在十九世纪末的大萧条时期，有一回与另一流浪汉比快。

杰克·伦敦在各地水塔上常见一个叫"三桅帆杰克"（Skysail Jack）的流浪汉刻有他的"到此一游"的行踪，总是来去如风。杰克·伦敦自己的万儿是"水手杰克"（Sailor Jack）。他只见其人留名留行踪，却从不见此人真面目，不禁纳闷。于是他决定同他比快。伦敦是在加拿大蒙特娄（Montreal）的水塔上见到"三桅帆杰克"刻下"B.W.9-15-94"（意乃"向西。一八九四年九月十五日"）。伦敦看到刻言时，已是次日，他随即刻下自己的日期及万儿，也跳车西行。八天后，在渥太华以西三百哩之处某水塔，又见刻言，而这次"三桅帆"超前"水手"二天。

"水手"自命是一"流浪王"（tramp-royal），他知"三桅帆"也是，为了荣耀、名声，心想非得赶上不可。于是日夜兼程。一段路后，他赶过了他。又一段路后，他又赶过了他。一忽儿"水手"在前，一忽儿又"三桅帆"领先。从沿路的其他东行的流浪汉中得知"三桅帆"有问及自己，这使得伦敦很欣慰。他甚至有一念头，或许两人应该会面一聚，英雄相惜嘛。在曼尼拖巴省（Manitoba）一段，"水手"一直领先；到了阿尔伯塔省（Alberta），却是"三桅帆"超前。车行进入英属哥伦比亚省（British Columbia），沿着弗瑞瑟河（Fraser River），"水手"仍超前"三桅帆"，但到了温哥华以东四十哩处的迷醒（Mission）镇时，却是"三桅帆"先留下了踪迹。由于迷醒镇是铁路的交点，向南有北方太平洋铁路（Northern Pacific）开往美国的华盛顿州、奥勒岗州，向西则是原线可直抵温哥华（Vancouver），"水手"不知"三桅帆"会走哪条路，但不管怎么，"水手"仍决定一径向西而行，不久，抵达温哥华。一下车，直奔水塔，想去留下名字日期，然水塔上赫然新刻有"三桅帆"的同一日的讯息。"三桅帆"已经登船出海了。杰克伦敦在书中说："千真万确，'三桅帆杰克'，你是流浪之王……我向你脱下我的帽子，你才是'一等一'（blowed-in-the-glass），没错。"

杰克·伦敦当时只有十八岁，充满了好奇与热血，是他的全盛期，也是流浪文化的全盛期，且看他在《大路》一书中写的："我躺下来，用一张报纸做枕头。高高在我上方的，是眨眼的星星，而当火车弯曲而行，这些星群便像在上上下下地画着弧形；望着它们，我睡着了。这天过去了——我生命中所有天里的一天。明天又会是另外一天，而我依然年轻。"

（刊一九八九年十月十六至

二十一日《联合报》"缤纷"版）

图书在版编目(CIP)数据

流浪集：也及走路、喝茶与睡觉 / 舒国治著.
—桂林：广西师范大学出版社，2016.11
ISBN 978-7-5495-8762-9

Ⅰ.①流… Ⅱ.①舒… Ⅲ.①散文集－中国－当代
Ⅳ.①I267

中国版本图书馆CIP数据核字(2016)第221116号

广西师范大学出版社出版发行

桂林市中华路22号　邮政编码：541001
网址：www.bbtpress.com

出 版 人：张艺兵

全国新华书店经销

发行热线：010-64284815

山东鸿君杰文化发展有限公司

山东省淄博市桓台县　邮政编码：256401

开本：787mm×1092mm　1/32

印张：9.125 字数：100千字

2016年11月第1版　2016年11月第1次印刷

定价：45.00元

如发现印装质量问题，影响阅读，请与印刷厂联系调换。